損料屋見《けん》鬼《き》控え　2

三國青葉

講談社

目次

損料屋見鬼《けんき》控え　2

第一話　藪入《やぶい》り

1

客がいないのをよいことに、又十郎《またじゅうろう》は店の帳場に座ったまま思い切り伸びをし、

「ふわわ」とあくびをした。七夕《たなばた》も終わり、もうすぐ迎え盆だ。

この損料屋《そんりょうや》巴屋《ともえや》もまた忙しくなる。十七になる又十郎は将来巴屋を継ぐ身だが、奉公人が誰もいない小店《こだな》なので、いまだに丁稚《でっち》扱いだった。

おい、待てよ。お盆って言やあ、あの世からご先祖様が帰《けえ》って来るんだよな。ってことは、そこもかしこも幽霊だらけになるんじゃねえか？

考えてみれば幽霊が見えるようになってから初めて迎えるお盆である。ひゃあ、こいつぁたまんねえや……。

あっ！　そうだ！　俺は家に憑《つ》いてる霊しか見えねえんだった。ひゅう、助かった……。

もともと又十郎は幽霊の気配を感じる子どもだった。それが今年の春、裏の長屋の幽霊騒ぎのおかげで幽霊が見えるようになってしまったのだ。

以来、幽霊がらみの一件を解決してくれと頼まれることが多くなった。幽霊にはいまだになじむことができないし、本音《ほんね》を言うと怖くてたまらない又十郎だが、人の助けになるのならと一生懸命つとめている。

「ただいま」

「おう、おかえり」

妹の天音《あまね》が手習いから戻って来た。妹といっても血のつながりはない。母親どうしが幼なじみという縁で、落雷で親きょうだいを亡くした十になる天音を引き取ったのだ。

一緒に暮らすようになって四月《よつき》が過ぎたが、生来の無口も相まって又十郎にはまだあまり懐《なつ》いてくれていないのがちょっと寂しい。

〈にゃーん〉

鈴のついた赤い首輪をしたキジトラの子猫が、甘えた様子で天音の足に体をすりつける。
「小太郎《こたろう》、ただいま。おりこうにしてた？」
〈にゃっ〉
天音が小太郎を抱き上げ、いとおしそうにほおずりをした。小太郎を飼うようにな
って、天音がずいぶん明るくなったように思われる。
ああ、俺にもあんなふうに笑ってくれねえかなあ……。
小太郎を抱いたまま奥へ行こうとした天音が立ち止まって眉根を寄せた。
「天音、どうかしたのか？」
「声が聞こえる……」
「えっ！」と言いながら又十郎は腰を浮かせた。天音は物に宿る人の思いを聞くこと
ができるのだ。
天音が小太郎を床に下ろして目を閉じる。かまってもらえなくて不満そうな顔をし
ていた小太郎が毛づくろいを始めた。
目を開けた天音が、小簞笥《こだんす》の引き出しから四寸ほどの小刀《こがたな》を取り出した。又十郎に
は見覚えがなかったので、さっきまで店番をしていた母のお勝《かつ》が商《あきな》った品だろう。
天音が小刀を胸にあて再び目を閉じる。

「『太一《たいち》、頼む』って言ってる。男の人の声」

又十郎の隣に座った天音が小刀を差し出した。鞘《さや》をはずすと、一寸くらいの斜めの片刃があらわれた。

けっこう古いもののように思われた。覚書を見てみると、やはりお勝の字で仔細《しさい》が記されている。

「本所松井町《ほんじよまついちよう》に住んでる竹細工師の太一って人が、知り合いの形見としてもらったけど、今は全然付き合いがないから売りたいってことだったらしい。……あ、柄に『弥《や》太郎《たろう》』って彫《ほ》ってある。これが元の持ち主か」

「弥太郎さんは太一さんになにを頼んでるの？」

「気になるのか？」

こくりと天音がうなずく。

「だよなあ。俺もすげえ気になる。明日にでも、太一って人のとこへ行ってみっかな。そうそう、天音。おやつに饅頭があるぞ」

〈にゃーん〉

「お前は饅頭食わねえだろ、小太郎」

又十郎は小太郎をひざにのせてあごの下をなでた。ぐるぐるとのどを鳴らしながら、小太郎がもっとなでてくれというようにあごを上げる。

「小太郎は餡子《あんこ》が好き」

「へえ、そうなのか。お前、ぜいたくなやつだな」

又十郎は小太郎を天音にわたした。明日朝餉《あさげ》を食べたら本所へ行ってみよう。太一は居職《いじょく》だから家にいるはずだ。

小刀の持ち主だった弥太郎という男が生きているのなら、ほうっておいてもかまわない。だが、弥太郎は死んでしまっているのだ。

もう自分で言うことができない弥太郎に代わって、思いを太一に伝えてやれば弥太郎もあの世で喜んでくれるに違いない。それが死者の姿が見えたり声が聞こえたりする者のつとめだと思うから。


次の日、又十郎は本所松井町へと出かけた。人に聞き半刻《はんとき》ほどかかってやっと探し当てた長屋に足を踏み入れたとたん、なんともいえない例の嫌な気配が又十郎の心にしみこんできた。

右手の長屋の真ん中の太一の家から、ひそひそと黒い霧が漂い出ている。幽霊がいる証《あかし》だった。

又十郎は足を止めた。別に今日は、誰かに幽霊騒ぎを解決してくれと頼まれたわけではない。

又十郎が勝手に太一を訪ねようとしているのだ。このまま踵《きびす》を返しても文句を言う者はいないことになる。

さあ、とっとと帰ろう。わざわざ幽霊と関わることはない。もし悪霊だったらどうするのだ。

そのときふと又十郎の頭に天音の顔が浮かんだ。あ、そうだ。天音のやつ、弥太郎が太一になにを頼んでいるのか知りたがってたっけ。

幽霊が怖くて太一に会わずに帰ったとなれば、兄貴としての面子《メンツ》が丸つぶれだ。やれやれ……。

又十郎は横鬢《よこびん》をぽりぽりとかいた。天音に安請け合いをしてしまったお調子者の己がうらめしい。

おっと、うらめしいってのは幽霊のせりふだぜ。苦笑しながら又十郎は再び歩き出した。

「ごめんください」

しばらく待っても返事がないので又十郎は戸を少し開けた。黒い霧はいつの間にか消えている。

留守ならばまた出直そうと思いながら家の中をのぞくと、三十過ぎくらいの男が畳《たたみ》の上でこちらを向いて正座をしていた。太一なのか幽霊なのか、見かけだけでは区別がつかない。

触れてみればわかるのだがそれはとても無理だった。あわてて又十郎は戸を開け頭を下げる。

「両国《りょうごく》の損料屋巴屋又十郎と申します。昨日お売りいただいた小刀について少々うかがいたいことがございまして」

無言で頭を下げた男がそのままじっとしている。昨日の小刀のことで又十郎が文句をつけにきたと思っているのだろう。

ってことは、この男は太一だ。

「どうぞ頭をお上げください。とがめようなどという気は毛頭ございませんので」

太一は言われた通り頭を上げたが、今度は又十郎を拝み始めた。

「いえいえ。ですから私はなにも……。ただ、弥太郎さんという方の――」

「おい！」

いきなり背後から怒鳴られて、又十郎は「ひゃあっ！」と声をあげた。振り返ると小柄だががっちりした体つきのぎょろ目の男が腕組みをして立っている。

「わ、私は巴屋又十郎と申します」

男が黙したままなので、又十郎は困惑した。

「両国 橘町《たちばなちょう》の損料屋です。昨日太一さんが小刀を売りに来られまして。この家にお住まいの方ですか」

仏頂面《ぶっちょうづら》のまま男がうなずく。どうやら自分が疑われているらしいことに又十郎は気づいた。

「け、けっしてあやしい者ではありません。ねえ、太一さん」

又十郎は、家の中にいる太一に助けを求めようとあせりながら声をかけた。ぼそりと男がつぶやく。

「太一は俺」

「ええっ！　……では、あちらに座っていらっしゃるのは」

「誰もいねえぞ」

そ、そんな馬鹿な……。そっと座敷を見ると、あいかわらず先ほどの男がこちらを拝んでいる。

叫びそうになるのをこらえ、又十郎は手で口を押さえた。ひざから力が抜け、へなへなとしゃがみ込む。

うわあああ、幽霊だ！　ひえええ、いったいどこの誰？

太一が眉をひそめる。

「あのっ！　ここにゆ――」

又十郎ははっとして口をつぐんだ。この幽霊が太一にかかわりがあるとは限らない。以前この家に住んでいた者の縁者かもしれない。

もしそうだとすれば、太一はずっとこの幽霊と何事もなく暮らしていることになる。障《さわ》りがないのであれば知らせる必要はないだろう。

また、仮に幽霊が太一とかかわりがある者だとしても、果たしてそれを告げるのがほんとうに良いことなのか。世の中には知らぬほうが幸せなこともある。

弥太郎の気持ちを慮《おもんぱか》っていた又十郎だが、太一のこともきちんと考えてやらなければいけないと思いなおしたのだ。

もしこの幽霊が弥太郎だとして太一に知らせるにしても、もっといろいろ調べてからのほうがいいよな。今は黙っておこう。

「いえ、あの……なんでもありませ――あっ」

又十郎を押しのけて太一が部屋へ上がった。土下座をしている幽霊を無造作に踏みつけていく。

「す、すみません。お聞きしたいことがあるのですが」

ふりむいた太一はじっと又十郎の顔をみつめていたが、やがて黙ったままあごをしゃくった。

ええと、これは上がれってことだよな……。又十郎はできるだけ幽霊から離れて座った。

太一の家は普通の長屋の倍くらい広い。上がってすぐのこの部屋は、作業場になっているようだ。何本もの竹や竹ひごや見慣れない道具があり、編みかけの籠《かご》も置かれていた。

太一が竹ひごを編み始めた。籠だと思ったが……ひょっとすると花活けを作っているのかもしれない。

幽霊はあいかわらず土下座をしたり拝んだりしている。

又十郎は部屋を見回した。男のひとり暮らしなのにきちんと片付いている。几帳面《きちょうめん》な性分なのだろう。

又十郎が聞きたいことがあると言ったことなどすっかり忘れたように、いつまでも太一が一生懸命籠を編んでいるので、又十郎は自分が口火を切ることにした。

小刀から弥太郎の声がすることは、今はちょっと伏せておこう……。

「小刀の持ち主だった弥太郎さんはどんな人でしたか」

太一は黙ったままだ。答えにくいのかな。聞き方を変えてみようか。

「弥太郎さんとはいつお知り合いに？」

「十二のときだ。竹細工師に弟子入りしたのが一緒だった」

「仲は良かったんですかね」

「馬が合うってほどじゃねえな」

「いつから会ってないんでしょう」

「十四で弥太郎のやつが夜遊びが過ぎて破門されちまって以来一度も」

「えっ、じゃあどうして形見をくれたんだろう」

「わからねえ。浅草田原町《あさくさたわらまち》の『福屋《ふくや》』って飯屋の小僧が、店の客にことづかったと言って持って来たんだ」

太一は手を止め、鼻の下を人差し指でこすった。

「なんだか薄気味が悪くてな。損料屋へ売っぱらっちまった」

太一がぺこりと頭を下げる。又十郎はあわてて「いいえ」と言った。

「お気になさらないでください。そういうお客様は多いんです」

薄気味が悪いという太一の勘は当たっていたわけだ。なにせ弥太郎の思いが残っているのだから。

「刃物ですからね。気味が悪いというお気持ちもわかります。これはなにに使ってたのかな」

又十郎は懐《ふところ》から弥太郎の小刀を取り出してながめた。

「弟子入りしたときに親方からもらったんだ。俺も持ってるぜ」

太一は道具箱から小刀を取り出して又十郎に見せた。柄のところに『太一』と彫られている。

「弥太郎さん、修業をやめても大切に持ってたんですね」

ついでに浅草の福屋って飯屋まで足をのばすとするか……。

福屋に着いたのは昼飯どきをかなり過ぎたころだった。ものをたずねるのには好都合だ。

又十郎は店の裏へまわり、開いている裏口から声をかけた。女中らしき女が手ぬぐいで手をふきながら出てくる。

「お忙しいところすみません。両国の損料屋巴屋又十郎と申します。本所へ小刀を届けた小僧さんに話を聞きたいのですが」

「なにか粗相《そそう》でもあったのでしょうか？」

「いいえ、誰に届けるように頼まれたのか知りたいと思いまして」

女が奥に向かって、「音松《おとまつ》！」と叫んだ。ほどなく、十一か二くらいの男の子が現れた。

「この人が聞きたいことがあるって」

おどおどした様子で音松が上目遣いにこちらを見たので、怖がらせまいと又十郎はほほえんだ。

「文句を言おうとか、叱《しか》ろうってんじゃないんだ。本所の太一って竹細工師に小刀を届けただろ？」

音松が無言でうなずく。

「届けるように頼んだお客の名を教えてほしいんだ」

「……権八《ごんぱち》さんです」

「どこに住んでるんだろう」

「知りません」

又十郎はさっきの女中に権八の住まいを聞いてみようかと思ったがやめにした。自分があの女の立場だったら、客の仔細を見ず知らずの者に教えたりしないだろうと思ったからだ。

「権八さんはここへよく飯を食いに来るのかい？」

うなずく音松の目に明らかに警戒の色が浮かんだので、又十郎は話を切り上げることにした。

権八を探す手立てはまたあとで考えよう。今度、福屋で飯を食うのもいいかもしれねえ。

急ぐことではないし、まあゆるゆるやるさ……。

「いろいろありがとう。忙しいのに悪かったな」

又十郎は音松に飴玉が入った袋と小銭をわたした。音松の顔がぱっと輝く。

「ありがとうございます！」

又十郎は、どうすれば権八という男に会って話を聞くことができるだろうかと考えながら歩いた。

「声をたてるな」

突然耳元で男がささやき、又十郎はびっくりして足を止めた。

「立ち止まるんじゃねえ。さっさと歩け」

男が又十郎の右わきにぴったりとつき、左腕を肩に回した。色が黒くていかつい顔をした体格の良い男だ。

だらしなく着くずしたひと目でやくざ者とわかる風体《ふうてい》だったので、又十郎は縮みあがった。

「これがなにかわかるだろ。逃げたり叫んだりしようとしたら、このままぶすりとやるからな」

又十郎の右わき腹にとがったものが当たっている。男が刃物をにぎったまま右手を懐手にしているのだった。

又十郎のわきの下を冷たい汗がつうっと流れる。心《しん》ノ臓《ぞう》が暴れ出し、息が苦しくなって、又十郎は金魚のようにぱくぱくと口を開けた。

こいつはいったい何者なんだ？　なんでこんなことになったんだ？　俺は殺されちまうのか？

男は又十郎を引きずるようにして路地へと入った。しばらく行って武家屋敷が立ち並ぶ一角へ来ると男が立ち止まった。

男が武家屋敷の板塀《いたべい》に又十郎を押し付け、こともなげに襟《えり》をつかんでぎりぎりと締《し》め上げる。

「おい、どうして俺のことをこそこそ嗅《か》ぎまわってるんだ」

この男はなにか大きな勘違いをしている。どうにかしなければ。又十郎は必死にかぶりをふった。

「ごまかそうったってそうはいかねえぞ。お前《めえ》、今さっき福屋でいろいろたずねてただろ」

「ひ、ひょっとして権八さんですか？　弥太郎さんの知り合いの」

権八は目をむき、かみつかんばかりの勢いで言った。

「弥太郎だって？　お前はいってえどこの誰の回し者だ」

権八が懐から出した匕首《あいくち》の刃で、ぴたぴたと又十郎のほおをたたく。又十郎は思わず叫んだ。

「おっかさん！　助けて！」

もう恥も外聞もない。涙がひとりでにあふれてあごからしたたり落ちる。権八が顔をしかめた。

「なんだなんだ。『おっかさん！　助けて！』だとぉ？　それに男のくせにみっともねえ。泣くな。……お前は誰だ」

「り、両国の損料屋巴屋又十郎です」

「はあ？　損料屋だって？　信用ならねえな」

権八が匕首を突き付けたまま、又十郎の懐を探った。

「ほうれみろ。案の定刃物が出てきやがったぜ。おや？　こいつぁ弥太郎の小刀じゃねえか。どうしてお前がこれを？」

「太一さんがうちの店へ売りに来たんです」

「ああ、損料屋ってそういうことかい」

匕首をしまうと権八が大きなため息をついた。

「てっきりしらばっくれて素人《しろうと》のふりをしてるんだと思ったら、ほんとの素人だったとはな」

た、助かった……。又十郎はしゃがみこんだ。体中からどっと汗がふき出た。

権八が「ふん」と鼻を鳴らす。

「腰が抜けちまったのか。だらしがねえなあ。お前、ひょっとしてちびったんじゃねえか」

又十郎はかぶりをふった。

「なにか仔細がありそうだな。話を聞いてやるからついてこい」

浅草寺《せんそうじ》近くの茶店で権八は甘酒をふたつたのんだ。

「手荒な真似をして悪かった」

「いいえ。こちらこそ失礼いたしました」

「そうだぞ。お前が俺のことをこそこそ嗅ぎまわるからいけねえんだ。なぜあんなことをした」

又十郎は、太一の家を出てから描いた幽霊の絵姿を、紙入れから取り出して権八に見せた。

「こりゃあ弥太郎じゃねえか」

やっぱり幽霊は弥太郎だったのだと思いながら、又十郎は甘酒をひと口飲んだ。涙が出そうになるくらいほっとする味だった。

「信じてもらえないかもしれませんが、俺は家に憑いた幽霊が見えるんです。さっき竹細工師の太一さんの家へ行ったら弥太郎さんの幽霊がいました」

「……なるほどなあ」

「驚かないんですね」

権八は音をさせて甘酒をすすり、あごをなでた。

「聞いたことがあるんだ。つき合ってた女の幽霊にとり憑かれちまった男の話を。そいつは男前のけっこうな遊び人で賭場《とば》にも出入りしてたんだが、改心して堅気《かたぎ》に戻ったらしい」

　おそらく巴屋の裏の長屋に住んでいる佐吉《さきち》のことだと又十郎は思った。佐吉は別に幽霊にとり憑かれてはいないのだが黙っておくことにする。

　権八が「あっ！」と声をあげた。

「そういえば、幽霊が見える損料屋の兄貴と声が聞こえる妹ってのもそのとき聞いた気がする」

「それは俺のことです」

「ってえことはなにかい？　太一が弥太郎の形見の小刀をお前の店へ売っぱらって、そこから声が聞こえたって筋書きか」

「ええ。『太一、頼む』って言ってるそうです。それで太一さんの家へ行ったら弥太郎さんの幽霊がいて……」

「それで俺のことを嗅ぎまわっていたと」

「俺は、弥太郎さんが太一さんになにを頼むと言ってるのか知りたいんです。権八さんに話を聞けばなにか手がかりがつかめるかもしれないと思って」

「知ってどうするんだ？」

「心残りを晴らせば弥太郎さんは成仏《じょうぶつ》できます。だからできればそうしてあげたいんです」

「太一は幽霊のことを知ってるのか」

「いいえ。なにも話していません」

「それでいい。世の中には知らないほうがいいこともある。弥太郎が成仏できなけりゃ、太一の家にずっといることになるんだろ。知ったら住めなくなるじゃねえか」

なるほど。権八の言うことにも一理ある。

「あのう、権八さんは、どうして弥太郎さんの小刀を太一さんのところに届けさせたんですか？」

「弥太郎のやつ、ときおり太一ってやつのことを話してたんだ。同じ年に弟子入りして、俺は破門になっちまったけど、太一はちゃんと竹細工師になった。偉いもんだって。太一が作ったざるを買って、ああだこうだって講釈たれて自慢して……。だから太一が小刀を持っててくれたら弥太郎も喜ぶと思ったんだ」

「あの小刀は、弟子入りしたときに親方にもらったのだそうですね」

「ああ、そんなこと言ってたっけな」

「弥太郎さんはなんの病《やまい》で亡くなったんですか？」

権八の目つきが鋭くなる。

「……殺されたんだ」

又十郎は言葉を返すことができなかった。今俺はうっかり虎の尾を踏んじまったのかもしれねえ。せっかく助かった命を捨てることになるんだろうか……。

「けんかの仲裁をしようとして刺された。当人たちは頭にすっかり血がのぼっちまってるだろ。危ないにきまってるんだ。あいつらが死んだって自業自得《じごうじとく》なんだからほっときゃよかったのに。弥太郎のやつは犬死。大馬鹿野郎さ」

黙ってうつむいている又十郎の肩を権八がぽんとたたく。

「弥太郎は、ただけんかのとばっちりをくって死んじまっただけだ。裏はねえから心配するな」

又十郎ははっとして顔を上げた。

「裏があったらお前は生きちゃいない」

「ひっ」と悲鳴のような声が出て、又十郎はあわてて自分の口を押さえた。

にやりと権八が笑う。

「顔が真っ青だぜ」

気を落ち着かせようと、又十郎は甘酒を口にふくんだ。

「しかしお前ってやつはほんに不用心だな。つくづく感心するぜ。弥太郎がやくざ者だなんて思いもしなかったんだろ。あぶねえったらありゃしねえ。俺が優しいからよかったようなものの」

優しい？　誰が？

「気が荒いやつだったら、もうとっくに殺されちまってるぜ。出会いがしらにぶすりってな」

刺す真似をした権八の手つきが、妙になまなましかったので、又十郎は心底ぞっとした。

「俺は、ちゃんとお前をまず人気《ひとけ》のねえところまで連れて行っただろ？」

そ、そんなあ……。又十郎は武家屋敷の板塀の前で刺し殺されている己の姿を思い浮かべて泣きそうになった。

「人のことを嗅ぎまわるには細心の注意が必要だし、いろいろなコツがいる。素人じゃ無理だ。悪いことは言わねえ。それを仕事にしてるやつに頼め。お前の家のあたりを縄張りにしてる岡っ引きがいるだろ」

権八の言うとおりだ。元定町廻り同心《じょうまちまわりどうしん》の沢渡伝兵衛《さわたりでんべえ》にまずは相談するべきだったのだ。己のうかつさに又十郎はくちびるをかみしめた。

そういえば、幽霊がらみで佐吉が賭場に出入りする者を調べてくれたことがあったが、又十郎は誘われなかった。あのときは自分も同道したかったのにと残念に思ったが、あれは又十郎を危ない目にあわせまいとする佐吉の気遣いだったのだ。

「悪党はなんでもするぞ。かわいい妹をかっさらうことだってできる。そんなことになったら、お前は自分が殺されるよりつれえんじゃねえのか」

又十郎は手で顔をおおった。そうだ。そうだった……。

「幽霊が見えるお前の、成仏させてやりてえって気持ちはわからないでもねえ。首を突っ込むなって言うのは酷だろうからな。せめてよっく気をつけろ。命がいくつあっても足りねえぞ」

「はい。ありがとうございます。肝《きも》に銘《めい》じます」

「それでいい」

大きなため息をつく又十郎の背中を、権八は笑いながらぽんとたたいた。

「弥太郎の太一への頼みごとに関してひとつだけ言えることは、俺たちの稼業にはかかわりがねえってことだ。もしそうなら弥太郎は俺のところに現れるだろ」

「ということは、太一さんにしかできないこと……」

「まあ、そういうこったな。だからもう俺には近づくな」

2

次の日、又十郎は太一の家を訪れた。太一と向かい合って座り、又十郎は上り口を指差す。

「ここに幽霊がいます」

ごくり、と太一ののどが鳴った。又十郎が絵姿を見せる。

「弥太郎さんの幽霊が拝んだり土下座したりしてるんです」

「ひえーっ！」

太一が悲鳴をあげた。座ったまま後ずさりをする。

「無理無理無理無理ーっ！」

叫びながら太一が畳に突っ伏した。

「幽霊がいるなんて絶対に無理っ！　怖い怖い怖いっ！」

がばっと太一が起き上がる。顔が涙と鼻水でぐちゃぐちゃになっていた。

太一のとり乱しように又十郎は驚いた。太一さんが泣くなんて……。

まあ、でも、気持ちはわかる。家に幽霊が憑いてるんだもの。

わなわなとふるえながら太一がたずねる。

「なあ、弥太郎はなんて言ってる？　どうして俺のところにいるんだ？」

「俺、幽霊が見えるけど、話はできないんです。それに幽霊もこっちが見えないみたいで……」

又十郎は懐から弥太郎の小刀を取り出した。

「でも、うちの妹が小刀から『太一、頼む』っていう男の人の声がすると言ってました。だから弥太郎さんは太一さんに頼みごとがあるんだと思います。ここで拝んだり土下座したりしてるのとも辻褄《つじつま》が合いますし」

太一の目から涙がぽろぽろとこぼれ落ちる。

「小刀から声がするなんて気味が悪いじゃねえか」

「あ、声っていうか。持ち主の強い思いが物に残っているらしくて。それを妹はわかるってことらしいです」

「そんなのどうだっていい！　早くしまえ！」

「はい。すみません」

急いで又十郎は小刀を懐に入れた。

「俺は餓鬼《がき》のころひどい目にあってから、幽霊とか物の怪《もののけ》とかが大の苦手なんだ。怖くてたまんねえ」

「俺も怖いです。どうして見えちまうんだろうっていつも思います。本音を言うと、今も家へすっ飛んで帰りたいです」

太一が泣き止んだ。大きな目をさらに見開いている。

目玉がこぼれ落ちるのではないかと又十郎は心配になった。

「帰《けえ》らねえでくれ！」

「は？」

太一が又十郎のひざにすがりつく。

「お願《ねげ》えだ。ずっとこの家で俺といてくれ」

「そ、それは無理です。もうすぐお盆で店が忙しくなりますし」

「後生《ごしょう》だ、頼む！」

「太一さんがうちへ来ればいいんですよ。好きなだけ泊ってください」

「仕事ができねえ」

「休むわけにはいかないんですか」

「無理だ」

又十郎は腕組みをし、「うーん」とうなった。太一が拝むように胸の前で手を合わせ、又十郎を見つめている。

俺だってこの家にひとりでいろっていわれたら嫌だもんな。ああ、でもおっかさんがなんて言うか……。

こりゃあ大目玉をくらっちまう。又十郎は思わずため息をついた。

又十郎は腕組みをほどき、己の両ほおを手でぴしゃぴしゃとたたいた。

「わかりました。今日からこの家へ泊ります」

「ありがてえ！」

「でも、いったん帰らせてください。親に話をつけないと」

「俺も行く！」

「ええっ！」

「お前《めえ》さんの親に俺も頼む。俺のためなんだし。それに……」

太一がぶるっと身震いをした。

「この家にひとりでいたくねえ！」

太一の言い分はもっともだ。

「わかりました。では一緒にまいりましょう」

「すまねえ」

太一が深々と頭を下げる。

「いいえ、いいんですよ。乗りかかった舟だから」

「のどがかわいちまった。麦湯飲むか？」

「あ、はい。いただきます」

太一が麦湯を入れに行っている間、又十郎は弥太郎をながめた。あいかわらず土下座をしたり拝んだりしている。

そしてその顔は今にも泣き出しそうに見えた。泣きたいほどの頼みっていったいなんだろう……。

「食え」

太一がせんべいの入った袋を又十郎に差し出した。

「ありがとうございます。いただきます」

ふたりはしばらく無言でせんべいをかじった。

「どうやったら弥太郎のやついなくなるんだ？」

「弥太郎さんの頼みを太一さんが引き受けたら、たぶん成仏していなくなります」

「頼みってなんだ？」

「そこまではわかりません」

「ええっ！　やつがずっとここにいたら、俺はいったいどうしたらいいんだ」

　太一の目がたちまちうるむ。

「俺と太一さんのふたりでその頼みってのがなんなのか考えましょう。俺はそれを言いに今日ここへ来たんです」

　太一さんが急に泣き出したからあわてちまって、すっかり頭から消し飛んでたけど
……。

「ありがとう。頼む」

「はい。一緒にがんばりましょう」


　巴屋へ戻って話し合った結果、店が忙しい間は、又十郎の代わりに背負《しょ》い小間物《こまもの》屋の佐吉に商いを休んで手伝ってもらい、佐吉の日当を太一が支払うことになった。

　夕餉は煮豆とこんにゃくの煮つけ、豆腐とネギの味噌汁だった。煮豆とこんにゃくの煮つけは煮売り屋で買ったが、味噌汁は太一が作った。なかなかにうまい。

　徳利を持った太一が「飲むか？」とたずねた。

「じゃあちょっとだけ」

　又十郎はつがれた酒をひと口飲んだ。のどと胃《い》ノ腑《ふ》がかっと焼ける。太一がにやり

と笑った。

「酒のうまさがわかってねえな」

「はい。かっこうをつけるために飲んでる感じです」

「俺はこいつが一番の楽しみだ」

のどを鳴らしながら太一が酒を一気に飲み干す。

「ふーっ。たまんねえや。……飲み過ぎには気をつけてる。親父《おやじ》が酒乱だったんだ。よく殴られた」

太一が自分の湯飲みに酒をそそぐ。

「継母《ままはは》じゃかばってくれねえし。ずっと家を出たかったから、弟子入りしてほっとした……」

太一さんも苦労したんだなと思いながら又十郎はこんにゃくをほおばった。

「又十郎のとこは仲良さそうだな。天音だっけ？　かわいい妹だ」

「うちは家付き娘のおっかさんが強いけど、おとっつぁんが争いごとが苦手なんでうまくいってる気がします。天音は親きょうだいを亡くしちまって四月前うちに引き取ったんです」

「そうなのかい……」

「妹は扱いが難しいです。女ってえのはよくわからねえ」

「ぼやくほど女を知っちゃいめえ」

「う、そりゃあそうですけど……」

でも、奥手ってほどじゃねえと思うな。太一さんこそ、その年で嫁のひとりもいないくせに。

「……弥太郎はあいかわらず土下座したり拝んだりしてるのか」

又十郎は飯をほおばりながらうなずいた。

「弥太郎は自分の代わりに、親方にあやまってほしいのかもしれねえ」

「なにをあやまるんですか？」

「破門されて出て行くときにひどい悪態をつきやがった」

太一がほろ苦い表情で酒を口にする。

「弥太郎は筋が良かったから親方も期待してた。詫《わ》びを入れてきたら許してやるつもりだったんじゃねえかな」

「弥太郎さんの知り合いに聞いた話ですけど、弥太郎さんはときどき太一さんのことを話してたそうです。同じ年に弟子入りして、自分は破門になっちまったけど、太一はちゃんと竹細工師になった。偉いもんだって。そして、太一さんが作ったざるを買って、ああだこうだって講釈たれて自慢して……。だから太一さんが小刀を持ってってくれたら弥太郎さんも喜ぶと思ってその人は太一さんに小刀を届けさせたんだって言ってました。……もしかすると弥太郎さん、太一さんを通して竹細工師になった自分を想像してたのかもしれませんね」

「竹細工師に戻りたかったんだろう。馬鹿なやつ……」

又十郎は味噌汁を飯にかけてかき込んだ。

「明日親方のところへ行ってみる」

「俺も行きます」

3

太一の親方信左衛門《しんざえもん》の家は神田《かんだ》にあった。かなり大きな家だったので又十郎は感心した。

太一は慣れた様子で作業場に入って行った。十一、二くらいの子どもから二十半ばの若者まで十数人が働いている。

夕べ酔っ払った太一が話してくれたのを又十郎は思い出した。竹細工にはたくさんの工程があるそうだ。

まずは竹を割って竹ひごの元を作り、剝《は》ぐ。さらに竹ひごの幅をそろえてから、面取りといって角を取る。最後に厚みが同じになるように裏を削る。この作業は『うらすき』と呼ばれているらしい。これでやっと竹ひごが完成し、それを使って編んでいくというわけだった。

編む作業も大変だが、この竹ひごづくりが特に難物で、ちゃんとした物が作れるようになるまで何年もかかるとのことだった。一人前の職人になるには気の遠くなるほどの修業が必要なのだ。

ここにいる人たちは、みんなそれぞれ頑張ってる。すごいなあ。俺にはとても無理だ……。

「太一さん！」

一番年かさの若者が立ち上がってこちらにやって来た。太一が愛想なしにぼそりと言う。

「久兵衛《きゆうべえ》さんはいるか？」

「はい。どうぞ上がってください」

やり取りが聞こえたらしく、奥のほうから声がした。

「おう、太一か。俺はここだ」

太一が作業場をつっきってずんずん歩いていく。又十郎はまわりにぺこぺこおじぎをしながらついていった。

奥にも小さな作業場があり、四十過ぎくらいの恰幅の良い男が竹籠を編んでいる。前に座った太一が黙って頭を下げる。

「元気そうでなによりだ。仕事のほうも励んでいるようだな。良い評判があちこちから聞こえてくるぜ」

「いいえ。まだまだです」

又十郎が小声で「この方はどなたですか」とたずねると、太一は「親方の息子」と答えた。久兵衛がほほえむ。

「連れがいるのか。珍しいな」

又十郎はていねいに礼をした。

「両国の損料屋巴屋又十郎にございます」

久兵衛がけげんそうな表情を浮かべる。太一がそ知らぬ顔をしているので、又十郎はあわてた。

「あのう……久兵衛さんは太一さんと同じ年に弟子入りした弥太郎という人を覚えて

おいでですか？」

「……ああ、二年ほどで親父が破門にしたやつだな」

「実はその弥太郎さんの幽霊が太一さんの家にいて、土下座したり拝んだりしているんです」

「えっ！　弥太郎のやつ、死んじまったのか！」

又十郎はうなずいた。

「けんかを仲裁しようとして刺されたんだそうで」

「……馬鹿なやつだなあ。犬死じゃねえか」

「あと、弥太郎さんの形見の小刀から『太一、頼む』って声がしておりまして」

又十郎は懐から小刀と弥太郎の絵姿を出して久兵衛の前へ置いた。太一が「ひっ」と言いながらのけぞる。

久兵衛が小刀を手に取った。

「入門のときにもらったのを、まだ持ってやがったんだな……。あ、ひょっとして、お前さんは幽霊が見える兄貴と、声が聞こえる妹ってえ損料屋のきょうだいかい。いつだったか読売《よみうり》にのってたっけ」

「はい、そうです」

「この小刀はもともと太一さんが形見にもらったんですが、なんだか薄気味が悪いってことで、うちの店へ売りにいらっしゃいました」

「ははーん、店に置いてあった小刀から声がするって妹が言い、又十郎が太一の家へ行ってみたら弥太郎の幽霊がいたというわけか。だけどよりによって怖がりの太一の家に幽霊がいるとはな」

久兵衛がくすりと笑う。

「こいつはあれだよ。入門したてのころ肝試しだって夜中に墓場へ行かされてさ。待ち伏せしてた兄弟子たちがさんざんおどしたら、小便をもらした挙句墓石に頭ぶつけて気絶しちまったんだぜ」

又十郎はふき出しそうになるのを必死でこらえた。仏頂面の太一が横目でにらんでいる。

「弥太郎だって太一が怖がりだってこと承知してるだろうに。なにを頼もうってんだろうな」

「それなんですが、弥太郎さんは破門になったときに悪態をついたことをあやまりたかったんじゃないかと太一さんが……」

「代わりにあやまってくれってか」

「はい」

「それは違うな」

「ど、どうしてですか？」

「七、八年前。弥太郎が親父にあやまりに来たんだ」

又十郎と太一は同時に「ええっ！」と言い、顔を見合わせた。

「身なりもきちんとして、心からの言葉で詫びを言って帰った。そして太一が一人前になってひとり立ちしたことを自分のことみてえに喜んでたなあ」

うつむいた太一ののどが「ぐっ」と鳴る。又十郎も鼻の奥がつんとして涙が出そうになった。

「親父が破門をといてやるからもう一度修業しなおさねえかって言ったら、稼業から抜けられねえってさ。もともと性《しょう》に合ってたみてえで今の暮らしが楽しいから後悔はねえと強がってたけど、本音はどうだったんだか。命だけは大事にしろって親父の言いつけを、あいつはけっきょくまた守らなかったってことか」

久兵衛が鼻をすする。沈黙が流れた……。

しばらくして、そでで乱暴に目もとをぬぐった久兵衛が、照れ隠しのように勢いよく立ち上がった。

「せっかく来たんだ。太一、親父に顔を見せてやってくれ」

通されたのは南向きの庭に面した部屋だった。池に鯉がのんびりと泳いでいるのが見える。

部屋の真ん中に夜具が敷かれ、老人が眠っていた。久兵衛の父親の信左衛門だろう。かすかに薬湯《やくとう》のにおいがする。

太一と久兵衛が向かい合って枕元に座ったので、又十郎は太一の隣、少し離れて信左衛門の足元に座った。

久兵衛が信左衛門の耳元に顔を寄せ、大きな声で言った。

「親父、太一が顔を見せに来てくれたぜ」

信左衛門が左目を開ける。久兵衛が夜具の上に座り、後ろから抱きかかえるようなかっこうで信左衛門の体をささえた。

太一が深々と頭を下げる。

「……ふぁ……い……ひ……？（たいち？）」

「ほれ、肝試しで気絶しちまった太一だよ」

しばらく考え込んでいた信左衛門がにまっと笑った。

「二年前に中気《ちゅうき》で倒れて頭も体も不自由になった。太一のことがほんとにわかったのかどうかあやしいもんだぜ。まあ、でも生きて笑っててくれるだけでありがたいと俺は思ってる。女房には苦労かけちまってるけど」

お勝や平助《へいすけ》もいつか老いる。そのとき自分も久兵衛みたいに思うことができるだろうか……。

俺はまず、おっかさんやおとっつぁんに心配をかけねえようにしゃんとするこったな。商いにももっと励まねえと。

「太一、お前がうちへ来たのは何年くれえ前だ？」

「二十年」

「もうそんなか……。お前も、そろそろ弟子のひとりやふたりいたっておかしかあねえんだがな」

「早過ぎます」

「またまた。謙虚も度を超すと嫌味になるんだぜ。なあ、親父もそう思うだろ？」

久兵衛は信左衛門の顔をのぞき込んだ。

「あ、また寝ちまった。気持ちよさそうだなあ」

又十郎たち三人は顔を見合わせほほえんだ……。

神田からの帰途、歩きながら太一が口を開いた。

「弥太郎が、とっくに親方にあやまりに行ってたとはな。やつの頼み事がわかんなくなっちまったぜ」

太一さんから話し出すなんて珍しいな。もしかしたら、俺に慣れたってことなんだろうか。

「弟子入りしてすぐの冬。井戸端で洗濯しながら泣いてたら、親方が俺の両手を自分の手で包んであっためてくれて、『小せえ手だな。でもこの手はお前の宝物だ。そしてお前は俺の宝物なんだぞ』って言ったんだ。だから親方にどんなに厳しくされても平気だった。弥太郎のやつにも似たようなことがあったのかもしれねえ……」

「そうなんですね」

「久兵衛さん、よくしゃべるだろ」

「ええ、まあ」

ほんとうは又十郎は、久兵衛が多弁で如才がないことにかなりびっくりしたのだ。職人というものは寡黙《かもく》なのが普通だと思っていたからだ。

「親方は無口だった。久兵衛さんはいろいろ考えたんだろうな。作業もはかどるように仕組みを変えた。俺は親方のやり方のほうが性に合ってたけど、久兵衛さんはもっと先の世を見てる」

先の世か……。俺も時勢をきちんととらえられるようにならねえと。なんだか足りないことばっかりだぜ。

情けねえこった……。

「やっぱり久兵衛さんのやり方がいいんだろう。今日も作業場に活気があった。まあ、藪入《やぶい》りも近いけどな」

藪入りかあ……。幽霊騒ぎですっかり忘れてた。

文月《ふみづき》十六日と正月十六日の藪入りには、奉公人たちに休みが与えられ、実家へ帰ることを許される。実家が遠い者は町へ遊びに出かけるのだ。

文月十六日は閻魔《えんま》様の縁日なので、まずは寺を詣《もう》で、それから門前市に繰り出す者が大勢いた。主にもらった小遣いや給金で懐はあたたかい。どこの寺も大にぎわいだった。

「俺は家にも帰らず遊びにも行かず。暇《ひま》をつぶすのに難儀した。……そういえば一度、弥太郎が自分の家へ連れて行ってくれたことがあったっけ」

けっこうふたりとも仲が良かったんだなと又十郎は思った。

「弥太郎のおっかさんが優しい人で。俺にもうまいものをたんと食わせてくれてありがたかった。あんなに腹がいっぱいになったのは初めてだったな」

太一さんは継母に育てられたんだよな。きっと実の子のほうにたくさん飯をやってたんだろう。

食い物で分け隔てして子どもにひもじい思いをさせるなんてひでえ。猫の子でさえ情が移るってえのに、太一さんの継母はよっぽどきつい人だったんだ……。

「帰りに持たせてくれた牡丹餅《ぼたもち》がまたうまかったんだ。今思い出してもよだれが出ちまう」

弥太郎がうっとりとした表情になる。

「それが、牡丹餅を一緒に食べようと思って弥太郎をさそったら、弥太郎のやつ甘いものは苦手だからいらねえって言うんだ。つまり弥太郎のおっかさんは俺だけのためにわざわざ牡丹餅をこしらえてくれたってこと。すげえだろ」

「うわあ。それはうれしいですよね。……弥太郎さんのおっかさんは今どうしてるんでしょう」

「知らねえ。……お常《つね》って名だった。五十くらいか」

「あっ！」と声をあげて又十郎は足を止めた。太一がけげんそうな顔で振り返る。

「弥太郎さんの頼みってのは、おっかさんのことかもしれねえ！」

「どうして俺に？」

「藪入りのときに優しくしてもらったから」

「恩を返せ、か。筋は通ってる」

「弥太郎さんの実家はどこですか？」

「……両国の三好町《みよしちょう》」

「じゃあ今から行ってみましょう」

太一の記憶をたよりにたどりついた長屋には、弥太郎とは縁もゆかりもない者が住んでいた。大家にたずねると意外なことがわかった。

今から十五年前、大工だった弥太郎の父親が飯屋の女中とねんごろになり、弥太郎の母親を離縁したのである。母親は巣鴨《すがも》にある実家へ帰ったとのことだ。

実家は農家だから、畑仕事を手伝えば出戻りでも家に置いてもらえると母親は言っていたらしい。ちなみに父親のほうは、それから三年ほどののち急な病で亡くなったという。

4

次の日、又十郎と太一は朝早く家を出た。空は青く晴れ渡り、気持ちの良い日和《ひより》である。

途中、又十郎は巴屋へ寄った。天音の顔が見たくなったのだ。

巴屋では朝餉の最中だった。又十郎は竹筒に瓶《かめ》の水を満たし、腰に下げた。

「今日は巣鴨へ行くからこれを取りに戻ったんだ」

「それじゃあ、握り飯を作ってやるからちょっと待ちな」

「ありがとう、おっかさん」

又十郎は店の上り口に腰を掛けている太一に麦湯とかりんとうを出した。

天音は飯に納豆をかけ、黙々と食べている。平助が口を開いた。

「巣鴨へはなにをしに参るのだ？」

「弥太郎さんのおっかさんを訪ねるんだ。弥太郎さんの頼みごとがおっかさんのことかもしれねえから」

「太一さんとおっかさんとの間にかかわりはあるのか」

「なんでも藪入りで世話になったらしい」

「なるほどな」

「天音は巣鴨へ行ったことあるか？」

又十郎の問いに、天音がかぶりをふる。

「じゃあ一緒に行くか」

「……うん」

絶対断られると思っていたので又十郎は驚いた。平助も同様だとみえ、目を丸くしている。

「おっかさん。握り飯、天音の分も！」

「わかってるよ」

巣鴨への道すがら、又十郎は、振り返って天音の姿を何度も確認したくなるのをこらえた。そ知らぬ顔をしていなければ天音に嫌われてしまう。

どうやら天音は道端《みちばた》の花を摘《つ》んでいるらしい。時折立ち止まっては走って追いつくというのを繰り返していた。

それにしても天音のやつ、よくついて来る気になったもんだ。そういえば弥太郎さんが太一さんになにを頼んでるのか気にしてたもんな。

こうなると幽霊様々だ……。

巣鴨は中山道の巣鴨立場《たてば》として茶店や飯屋が立ち並びにぎわっている。江戸六街道の街道口に安置された、江戸六地蔵の三番目として有名な眞性寺《しんしょうじ》の参拝客も多かった。

また、巣鴨から半里ほどはなれた板橋宿《いたばししゅく》には飯盛女《めしもりおんな》がいる旅籠《はたご》があまたあり、それを目当てに遊びに来る者が巣鴨に立ち寄るのだ。

やっとのことで探し当てた弥太郎の母の実家はかなり大きな百姓家だった。入り口から声をかけると三十過ぎくらいの女が口元をぬぐいながら出てきた。

どうやら、畑から戻って昼餉を食べていたものと思われる。はなから太一が、又十郎のうしろに隠れるようにして立っていたので、又十郎は舌打ちをしたくなるのをこらえてたずねた。

「両国の損料屋巴屋又十郎と申します。弥太郎さんのおっかさんのお常さんはいらっしゃいますか」

よく日に焼けた女が、上目づかいに又十郎を見る。

「いるけど、なんの用だい？」

お常が存命だったことに又十郎はほっとした。だが、女が警戒している様子なのが気にかかる。

やくざ者だった弥太郎の名を出したのがまずかったのだろうかと思いながら、又十郎は笑顔を浮かべた。

「実は、お常さんに昔世話になった竹細工師の太一さんという人が、会いたいそうなのですが」

なぜか女がためらっている。そこへ夫らしい男が出てきた。

「おい、どうした」

女がほっとしたような表情を浮かべる。

「この人たち、お常ばあさんに会いたいんだってさ」

「会わせてやりゃあいいじゃねえか」

「だってあんた……」

「ばあさんはあっちにいる」

男が指をさした方向には納屋《なや》があった。お常が中で作業をしているということなのだろう。

「ありがとうございます。あのう、あなた様は、お常さんのご縁者でいらっしゃいますか」

「俺の死んだ父親がばあさんの兄貴にあたる。それがどうかしたのか」

「いいえ。どんなつながりなのかなと思っただけで、深い意味はありません」

男に丁寧に頭を下げ、又十郎は納屋へ向かって歩き出した。太一と天音があとをついてくる。

父親がお常さんときょうだいだというのだから、あの男は、お常さんの甥ってことだな。

だけど太一さんも、親子ほど年が違う俺の後ろに隠れなくてもいいんじゃないか。自分の用事で来たってのにさ。

ほんに人嫌いにもほどがあるぜ。まあ、俺のほうが図体がでかいから都合がいいのかもしれねえけど。

天音も太一も無口なので、道中ほとんどしゃべらなかったことを思い出して、又十郎は苦笑した。

「お常さん、いらっしゃいますか」

納屋に入ったとたん、異臭が鼻をついた。思わず手で鼻を押さえる。天音が又十郎のそでをつかんだので、又十郎はそっと天音の頭をなでた。

お常を探しながら納屋の奥へ足を踏み入れた又十郎は声をあげそうになるのをこら

えた。天音と太一が息をのむ気配がする。

わらを敷いた上に人が横たわっていたのだ。異臭はそこからしていた。糞尿のにおいだ。

近づいてみると、それは女の年寄だった。ぼろぼろの着物をまとい、顔も手足も垢《あか》で汚れて真っ黒だった。

驚きが去ると、又十郎の胸にふつふつと怒りがわいた。どうしてこんなところに病人を寝かせておくのだ。

「お常さん」と又十郎が声をかけると、老婆は目を開け、たいそうびっくりした顔をした。

「だ、誰？」

名乗ろうとした又十郎を押しのけ、前に出た太一が大声で言った。

「お常さん！　太一だ！　弥太郎と同じ年に弟子入りして、藪入りにお常さんにごちそうになった太一だよ」

しばらくぼうっとしていたお常がはっとした表情になった。太一のことを思い出したのだろう。

お常の目から涙がこぼれ落ちる。太一がくるりと背中を向けたと思ったら、そのまま勢いよく外へ走り出た。

「太一さん！　待って！」

あわてて又十郎と天音はあとを追う。

太一が母屋の中へ踏み込み、怒鳴った。

「いったいあれはどういうことだ！　どうしてお常さんをあんなところへ寝かせておくんだ！」

女はびくっと肩をふるわせたが、男のほうは湯のみを持ったまま「ふん」と鼻を鳴らした。

「みんな忙しい。働かなきゃ食ってけねえ。親でもない年寄の世話する暇がどこにあるっていうんだ」

「親じゃなくても、血がつながってるだろうが！」

「ああ、だから山へ捨てたりしねえで家へ置いてやってる。それだけでもありがたいと思わねえとな」

太一は歯噛みをした。

「じゃあお前らは、今までお常さんに恩を受けたことがただの一度もねえって言うのか！」

男が、「むう」と言いながら黙り込む。太一が男の前にどかりと座り、肩をいからせた。

「恩知らずだな。あきれたやつらよ。……ああ、もうたくさんだ。お常さんは俺が引き取る。俺はたった一度でも、受けた恩義はきちんと返すぜ。でも、やっぱりそういうことだったんだな」

夫婦は怪訝そうな顔をしている。太一はぐいっと身を乗り出した。

「弥太郎の幽霊が俺ん家《ち》にいて、『太一、頼む』って土下座したり拝んだりするもんだから来てみりゃあのざまだ」

男が大きく目を見開いた。女が「ひっ」と声をあげて男にすがりつく。

「すぐに連れて帰るからさっさと支度をしてくれ」

「支度だと？」

つぶやく男を太一がにらむ。

「あのまま連れて帰ったら、弥太郎のやつが怒ってお前さんたちをとり殺すだろうよ。まあ、俺は別にかまわねえがな」

あたふたと夫婦が出て行った。

又十郎は自分が驚きのあまりぽっかりと口を開けていることに気がついた。ひゃあ、びっくりした。あの太一さんがすごい剣幕でまくしたてるんだもの。

よっぽど腹が立ったんだな。それにしてもお常さんを引き取るだなんて、思い切ったことを言い出したもんだ……。

「俺のこと、あきれてるんだろ」

「いいえ。そんなことは……。ただ、びっくりしました」

「自分でも馬鹿だと思う。でもな、我慢できなかったんだ。さんざん働かせておいて、病にかかったら邪険にしやがって。ひでえもんだぜ」

「もちろん俺も腹が立ちました。太一さんが引き取るって言わなかったら、きっと俺が言ってたと思います」

「あたしもすごく腹が立った」

天音がほおを紅潮させている。自分の心の内を天音が話すのは珍しいことだった。

又十郎は「そっか」と言いながらほほえむ。

又十郎は水が入った竹筒を太一に差し出した。礼を言って受け取った太一がのどを鳴らして水を飲む。

「それにな。自分にも腹が立ったんだ。恩知らずは俺も同じさ。みじめな思いで藪入りをすごさねえですんだのに、すっかりそれを忘れてたんだから」

「ひとりでお常さんの面倒をみるのは大変でしょう。だから巴屋へ連れて帰ってもいいんですよ。うちは人手がたくさんあるので」

「あたしも手伝います！」

「ありがとう。でも、俺は居職だ。それにいざとなったら世話をする者を雇うさ。恩返ししなきゃな。弥太郎にもお常さんにも」

涙が出そうになって、又十郎はあわてて幾度もまばたきをした。天音も目がうるんでいる。

四半刻ほどして、お常が運ばれてきた。体をふいてもらい着替えさせてもらったようだ。

「太一さん、立派になったねえ。……ありがとう。わしのような者《もん》を引き取ってくれて、ほんにありがとう」

深々と頭を下げるお常に、太一がぶっきらぼうに言う。

「礼にはおよばねえよ。恩返しがしたいんだ。俺の家へ行こう。弥太郎もいるからさ。幽霊になっちまってるけど」

さらりと弥太郎の死を告げられ、一瞬お常はきょとんとしていたが、「ああ……」とつぶやくと寂しげな表情を浮かべた。

「親より先に死ぬなんて、親不孝者《もん》が……」

「弥太郎は孝行息子だぜ。俺にちゃんとお常さんのことを頼んだんだから。さあ、行こう」

「あ、俺が背負います」

お常は泣きそうになるほど軽かった。体も骨ばっている。又十郎は胸がさわさわした。滋養のあるものを食わせねえとな……。

五町《ちょう》ほど歩いたところで、うしろのほうから声が聞こえたような気がして又十郎は足を止めた。

「おーい、待ってくれ！」

又十郎たちは顔を見合わせた。誰かが手を振りながら、こちらに向かって一生懸命駆けてくる。

追いかけてきたのは天音と同じくらいの歳の男の子だった。男の子は両手のひらをひざ小僧にあて、体を折り曲げぜいぜいと息を切らしている。

お常が「正吉《しょうきち》……」とつぶやいた。

「お常ばあちゃん！」

正吉の顔は涙だらけだ。

「父ちゃんと母ちゃんが、ばあちゃんが引き取られたって言ったから、俺、畑から走ってきたんだ」

正吉はあの夫婦の息子らしい。よく日に焼けた利発そうな子だ。

「お常さんはなんの病なんだ？」

又十郎に聞かれて正吉はかぶりをふった。

「わからねえ。母ちゃんは暑気あたりだから寝てればなおるって言ってたけど、歩けなくなっちまって」

正吉の目から涙がぽとぽとと落ちる。

「父ちゃんも母ちゃんもひどいんだ。ろくに飯も食わさねえで。ばあちゃんごめんよ。いっぱいかわいがってもらったのになにもしてやれなくて」

「そんなこたあねえ。正吉はわしにこっそり食い物を運んでくれたでねえか。どれだけありがたかったかしれねえよ」

お常の言葉に正吉が顔をくしゃくしゃにして泣き出した。

「俺が、俺が……おとなだったら。ばあちゃんを助けられたのに」

太一が優しく正吉の頭をなでる。

「お前のおかげでお常さんは生き延びた。よくやった。俺が医者に診せてうまい物も食わせる。心配するな」

「おじさん、ありがとう。ばあちゃんをたのみます」

「おう」

正吉がお常の手を握った。

「ばあちゃん……」

「正吉、達者でな……」

手を握り合ったまますすり泣くふたりに、又十郎はもらい泣きしそうになる。天音が手ぬぐいを目に押しあて泣きじゃくった。

「泣くな。また、いつでも来い。本所松井町で、竹細工職人の太一って言やあすぐにわかる」

正吉がうなずく。鼻をすすりながら太一が空を見上げた。

ひと月のち、又十郎と天音は太一の住まいを訪れた。お常の本復の祝いに招かれたのだ。

お常はすっかり顔色も良くなり少しふっくらして元気そうに見えた。

あいさつをすませたあと、膳が運ばれてきた。天音が、「すごいごちそう」とつぶやく。

尾頭付きの鯛《たい》の塩焼き、煮しめ、玉子焼き、酢の物、赤飯、吸い物。どれもとてもうまそうだ。

「全部お常さんが作ったんだ」

太一が得意そうに言う。

「お口に合うかどうか……」

「これがまたうまい。びっくりするぜ」

「またそんな……」

顔を見合わせてほほえみあう太一とお常の様子が、ほんとうの親子のようで又十郎はうれしくなった。

よかったですね、弥太郎さん……。成仏していなくなった弥太郎に、又十郎は心の中でつぶやく。

「お膳が五つ。あと誰が来るの？」

天音に小声で聞かれて、又十郎は首をひねった。ひょっとして親方の息子の久兵衛さんだろうか。

「牡丹餅もあるぜ。ばあちゃんの牡丹餅はうめえんだ」

牡丹餅が盛られた大皿を持って奥から正吉が現れた。甘いものに目がない天音が笑顔になる。

なるほど、五人目は正吉だったというわけか……。

「こら、正吉。盗み食いしただろ。口の端《はた》に餡子がついてるぞ」

「いっけねえ。すみません、親方。うまそうだったもんで、つい」

ぺこりと正吉が頭を下げた。太一は顔をしかめたが目は笑っている。

「たらふく食わしてやるから黙って食うな」

「へい。気をつけます」

「今、正吉が『親方』って……」

太一がくしゃりと笑う。

「ああ。正吉が竹細工師になりてえって言うもんでな。弟子にした」

そうか。この子は弥太郎さんと血がつながってるんだ。これもなにかのめぐり合わせかもしれねえ。

「俺、一人前になったら天音ちゃんにかわいい籠を作ってやるからな」

にこにこしている正吉に、天音がとまどいの表情を浮かべた。

「……うん」

「正吉、なにを言ってやがる。十五年早《は》えぞ」

太一が酒を飲みながらうれしそうに笑う。

はぁ？　なんで天音に？　ちょっとあとで正吉のやつに、調子に乗るんじゃねえぞって釘《くぎ》を刺しとかなきゃな……。

第二話　放生会《ほうじょうえ》

1

「それじゃあ浴衣をたたんでもらおうかね」

お勝が天音とお清《きよ》に物干場から取りこんだばかりの浴衣をひとかかえわたした。お清は天音と同じ手習い所に通う友だちだ。

歳は天音のひとつ下で九つ。二町ほど離れた長屋に住んでいる。父親亡きあと、母親が女手ひとつで三人の子を育てているらしい。

文月の半ばくらいから、時折お清は手習いの帰りに巴屋へ寄り、仕事を手伝っている。これはお勝が持ちかけたことだった。

葉月《はづき》十五日は八幡《はちまん》様の祭日にあたっている。だから江戸の人々は昼間祭り見物に出かけ、夜は月見をして過ごすのが習わしであったのだ。

祭りにはたくさんの店が出るので子どもたちは大張り切りだ。だが、祭りを楽しむためには先立つものが必要である。

「店の手伝いを頑張ったらお小遣いをあげる。お清ちゃんを誘ってもいいよ。天音、どうする？　やるかい？」

お勝に言われて天音は大きくうなずいた。又十郎も同じ経験をしている。

祭りにしても正月にしても、簡単に小遣いはもらえない。必ず店の手伝いをするというのが条件になっていた。

金のありがたみを教えるとか、無駄遣いを防ぐとか、人手が足りないのを補うとか、いろいろ理由があるのだろうと今ならば理解できる。しかし子どものころ、友だちが働かずとも小遣いをもらっているのを知って、なんだか損をした気分になったものだった。

お清ちゃんにも手伝わせようって、うまいこと考えたな。さすがはおっかさんだ。

お清の母は縫物の賃仕事で生計《たつき》を立てていた。とてもお清に小遣いをやる余裕はない。

祭りで天音がお清の分まで金を払ったりしたら、お清はきっと遠慮するだろう。仲の良いふたりが心置きなく祭りを楽しむことができるようにと、お勝は考えたに違いなかった。

「さあ、安倍川《あべかわ》ができたよ。食べよう」

天音とお清が歓声を上げる。又十郎はまたそれかと思ったが、もちろん顔には出さない。

安倍川というのは薄く切った南瓜《かぼちゃ》をゆでてきな粉をかけたものだ。女子の大好物である南瓜は、ちょうど今が旬だった。

江戸っ子が熱狂するもののひとつに『初物』がある。初鰹《はつがつお》が有名だが、女子は鰹より南瓜なのではないかと又十郎はひそかに思っていた。

初物は高く売れるので、他所《よそ》より少しでも早く収穫できるように、農家は、栽培法を工夫していると聞いたことがある。

南瓜売りは、男どもが仕事に出て不在の昼間にやって来る。文句を言う者がいなければ、女たちは遠慮することなく高価な南瓜の初物を買うことができるからだ。

又十郎も父の平助も、お勝がいったいいくらで南瓜の初物を買っているのか知らない。聞いてもいつもはぐらかされてしまう。

もっとも、南瓜はもともとの値が安い。だから初物といっても、鰹とは違ってたかが知れている……はずだ。

江戸の町に出回っている南瓜は、荏原《えばら》郡（現在の品川《しながわ》区）居木橋《いるぎばし》村でつくられたものである。

室町時代、品川と多摩《たま》を結ぶ街道のために目黒《めぐろ》川に橋が架けられたが、周辺の高台には村があり、古くから栄えていた。そして、橋の近くの雉子《きじ》ノ宮《みや》という神社の『ゆるぎの松』と称する松の大樹は、街道を行く人々の目印になっていた。

時がたつとともに、『ゆるぎの松』が『いるぎの松』に変化し、橋は居木橋、村は居木橋村と呼ばれるようになる。江戸時代の初め、雉子ノ宮は目黒川の氾濫による被害を避けて、村の東南へと遷《うつ》された。そのとき、村内の貴船明神《きぶねみようじん》、春日《かすが》明神、子権《ねのごん》現《げん》、稲荷《いなり》明神を配祀《はいし》したため、五社明神とも称したのである。

今や居木橋村は、南瓜の産地として、その名をはせていた。

江戸時代前期、三代将軍家光《いえみつ》から深い帰依《きえ》を受けていた、東海寺《とうかいじ》の開祖沢庵和尚《たくあんおしよう》が上方から種を取り寄せ、居木橋村の名主・松原庄左衛門《まつばらしようざえもん》に栽培を命じたのが、居木橋南瓜のはじまりと言われている。

海に近い温暖な土地柄のおかげで、黄色くて甘みのある良質な南瓜が収穫され、おいしい居木橋南瓜は、江戸の人々に大人気であった。大きさは中くらいで、全体がごつごつしており、表面には十数本の溝があるため、『縮緬《ちりめん》南瓜』とも呼ばれている。

「ああ、おいしいねえ……」

お勝が満足そうに言うと、天音とお清がうなずいた。又十郎もいちおう「うめえな」とつぶやいておく。

たしかにうまいことはうまいけれど、やっぱり南瓜は南瓜だ。女子の好物として、『芋《いも》、蛸《たこ》、南瓜《なんきん》』がよくあげられるが、南瓜は男の食い物ではないと又十郎は思うのだった。

「夕餉のおかずに南瓜を煮たからね」

又十郎はげんなりした。たしか昨日も同じものを食べた気がする。

「たくさん作り過ぎちまったから、お清ちゃんちょっと持って帰っておくれ」

「でも、いつももらってばっかりじゃ悪いから」

「お清ちゃん。頼むからもらってくれ。そうじゃないと俺ん家昨日、今日、明日って三日つづけて南瓜の煮物になっちまう」

思わず本音が出てしまったが、幸いお勝は気にとめていないようだった。お清が恥ずかしそうにほほえみながらうなずいたので、又十郎はほっとした。

豆腐でも鰯《いわし》でもなんでもいい。南瓜以外の物が食いたかった。

2

昨日の雨がうそのように、葉月十五日は朝から快晴だった。蔵前《くらまえ》八幡にやって来た又十郎、天音、お清はまず本殿にお参りをした。

蔵前八幡は、正式には石清水《いわしみず》八幡宮と称する。元禄《げんろく》六年（一六九三年）、京の都にある石清水八幡宮を五代将軍綱吉《つなよし》が勧請《かんじょう》したのがその始まりであった。

江戸城鬼門除《よ》けの守護神、および徳川将軍家祈願所のひとつとして敬われてきた。また、その広大な境内《けいだい》で勧進相撲がしばしば開かれ、深川《ふかがわ》の富岡《とみおか》八幡宮、両国の回向院《えこういん》とならんで江戸勧進相撲の三大拠点のひとつとしても広く知られている。

境内は大勢の人々であふれ返っていた。又十郎は天音たちに「はぐれるんじゃねえぞ」と声をかける。

次は放生会《ほうじょうえ》だ。仏教の教えである不殺生《ふせっしょう》にのっとり、捕えられた鳥や魚、亀《かめ》などを放して慈悲を実践する。

生き物を放すことで、先祖の供養になり、また功徳《くどく》を積めば己の現世および来世のためにもなるとされたのだ。

境内の一角に放生会用の生き物を売る店がかたまっている。

「俺は亀にするけど、天音とお清ちゃんはなににする？」

天音が小さな声で「亀」と答えた。

「あたしも亀にします」

言いながら財布を出そうとしたお清を又十郎は制した。亀は甲羅《こうら》をひもでくくられ、桶の持ち手につるされている。

又十郎は亀を売っている男に十二文払った。亀は首を上げ、短い手足を懸命に動かしている。

又十郎たちは一匹ずつ亀をぶら下げて池へと向かった。

ひもをはずされた亀たちはうれしそうに池に入り泳いで行ってしまった。その姿を見送りながら又十郎は天音の表情をうかがった。

くちびるを引き結び、一心に亀が行った方向を見つめている。亡くなった親きょうだいのことを考えているのかもしれない。

巴屋に引き取ってからこっち、天音が親きょうだいの話をするのを又十郎は聞いたことがなかった。もちろん又十郎のほうからたずねたこともない。

悲しくないはずはないから、きっと我慢しているんだろう。俺たちに心配かけちゃいけねえと思ってるんだろうか……。

大事なのは天音の気持ちだ。気を遣うんじゃねえと、又十郎は天音に言ってやりたかった。

でも、いざ天音の顔を見ると、いつもためらってしまう。天音の心に踏み込んでいいものかどうかわからないからだ。

天音が親きょうだいが死んじまったことをどう思ってるのか、今度お清ちゃんにでもそっと聞いてみるとするか……。

「さて、と。じゃあ屋台を見て回ろうぜ。ほしいものがあったら、ふたりとも俺が買ってやるからな」

又十郎はぐるりとあたりを見回した。お、新粉細工《しんこざいく》がある。天音たちはこういうのが好きなんじゃないか。

「まずはあそこの新粉細工にしよう」

新粉細工は米粉《こめこ》をねって色を付けたもので、兎《うさぎ》や鳥など好きな物を作ってくれる。

又十郎は新粉細工を売っている男に声をかけた。

「このふたりに作ってやってください」

「ほいきた。こっちの嬢ちゃんはなにがいい？」

「……猫をお願いします」

天音のやつ、よっぽど猫が好きなんだな。

「あたしは兎がいいです」

お清ちゃんは兎かあ。うん、おとなしいところが似てる。

でもかわいいなあ。こんな菓子が好きなんだ。

弟だったら、絶対に天ぷらを食いたいって言うにきまってるもの。さすが妹は違うぜ。

新粉細工の男に八文払って、又十郎はふと思いついた。新粉細工が好きってことは、飴細工も気に入るんじゃねえか。

運のいいことにすぐ近くに飴細工の屋台があったので、又十郎は天音とお清を誘った。

天音がかぶりを振る。

「新粉細工を買ってもらったから、もういい」

「あたしも」

「子どもは変な遠慮するもんじゃねえ。さあ、行こう」

又十郎にうながされ、けっきょく天音は再び猫、お清は犬の飴細工を作ってもらった。

「あれ？　お前たち新粉細工も飴細工も食わねえのか？」

ふたりはこくりとうなずく。

「食っちまえよ。そうしねえと両手がふさがって不便だろ」

「今日は食べない。しばらく置いておく」

天音の言葉に又十郎は驚いた。

「ええええっ！　新粉細工なんて、固くなっちまうだろ」

「……だって食べるのかわいそうだもん」

「じゃあお清ちゃんもそうなのか？」

うなずくお清に、又十郎は心の中で舌打ちをした。俺としたことが、こりゃあまずったな。

気の利いた兄貴のつもりが、とんだおたんこなすだぜ。でも、かわいそうって言ったって、新粉と飴だ。

生きてねえのに……。わけがわからんぞ。

しかたがないので又十郎は天音とお清の飴細工を持ってやることにした。しかし、片手で持つと飴同士がくっついて細工が壊れてしまう。

新粉細工を持つことにしても同様だろう。しかたがないので両手で一本ずつ持った。

どじ踏んだせいでなんだかちょっと気分が下がっちまった。それに天音とお清ちゃんもさっきから妙に元気がないし……。

もしかして、俺にすまねえと思ってるのか？　気を遣わせちまったんだったらまずいよな。

なんとか挽回しねえと。俺は七つも上のしかもおとななのに、兄貴としての面目が丸つぶれだぜ。

あっ！　しゃぼん玉だ！　やった！　これなら大丈夫《でえじょうぶ》！

しゃぼん玉は、ムクロジの実、芋がら、タバコの茎などを焼いて粉にしたものを水に浸して作った汁に麦わらをつけて吹く。しゃぼん玉売りにはいつも子どもが群がっていた。

又十郎がいっぺんに元気になる。

「よし！　次はしゃぼん玉だ！」

意気込んで歩き出そうとする又十郎のそでを、天音が引っ張った。

「ありがとう、まあ坊。でも、あたしたちふたりで回るから」

「えーっ！」と心の中で又十郎は叫んだ。どうしてだよ！

しゃがみこみたいほど悲しい。涙が出そうだ。

いや、だめだ。ここで悲しんだりがっかりしてることをけっして気取られちゃいけない。

平気の平左ってすまし顔をしとかなけりゃ。よけい天音にだめ兄貴だって軽蔑されちまう。

「そうかい。わかった。俺は適当に暇つぶししてるから、この池のところへ戻って来るんだぞ。あんまりおそくなるなよ。あ、そうだ。天音、これでお清ちゃんとなにか食いな」

又十郎は心の中で滂沱《ぼうだ》の涙を流しながら、笑顔で天音に五十文をわたした。

「ありがとう」

「ありがとうございます」

又十郎に背を向けて歩き出す天音に、お清が心配そうに言った。

「ねえ、いいの？　又十郎さんに悪くない？」

「大丈夫。まあ坊は優しいから」

うわああ！　天音のやつ、俺のこと『優しい』だってさ！　風に乗って耳に届いた天音の言葉に、又十郎は有頂天になった。

俺、『優しい兄貴』には、ちゃんとなれてたんだ！

そこら中の人たちに触れて回りたいくらいだ。ああ、悲しいのとうれしいのとがいっぺんに来ちまったぜ。

でも、妹ってえのはやっぱり手に負えねえや……。急に疲れを覚えた又十郎はその場にしゃがみこんだ。

飴細工を両手に一本ずつ持っているのが、我ながら、なんとも情けなくて悲しい……。

「又兄《にい》」

又十郎がふり返ると男の子が立っていた。手足にたくさん傷のあるやんちゃそうな子だ。

「ヤス！」

ヤスこと安吉《やすきち》は又十郎の友だちの弟で、天音と同じ手習い所に通っている。又十郎は立ち上がって安吉の頭をなでた。

「ちょっと見ないうちにまた背が伸びたんじゃねえか」

安吉が得意そうに胸をそらす。

「そのうち又兄よりでっかくなってやるぜ」

「こいつ！　生意気言うんじゃねえ」

又十郎はヤスのひたいを人差し指で押した。

「それはそうとひとりで来たのか？」

「ううん、友だちと一緒だったんだけど、ガマの油売り見てる間にどっかへ行っちまった」

「要ははぐれたんだろ」

「ちがわい！　向こうがはぐれやがったんだ。でも、鳥居のところで待ち合わせだから大丈夫」

「それじゃあなにかおごってやろう」

「俺、天ぷらが食いてえ！」

「よし！　たらふく食わせてやる」

「やったあ！」と言いながらぴょんぴょん飛び跳ねている安吉を見ながら、『弟』は楽でいいよなあと又十郎はそっとため息をついた。

「おごってやるから、これを持て」

又十郎は安吉に飴細工を一本押しつけた。

「うん、わかった。だけど、どうして又兄この飴食っちまわねえの？　持って歩いてても し落っことしたら悲しいだろ」

「俺もそう思う。でも、天音はかわいそうだから食わねえんだってさ」

「……かわいそうって、飴が？　わけわかんねえな」

「だろ？　だろ？　よかった。俺がおかしいわけじゃなかったんだ……」

「ヤス。お前、まさか手習い所で天音のこといじめたりしてねえよな」

アナゴの天ぷらをほおばって幸せそうな顔をしていた安吉が、驚いた様子でかぶりをふった。

「そんならいいけど。誰か天音をいじめてるやつはいねえか」

「天音なら大丈夫だよ。あいつ、やられたらやり返すから」

こともなげに言う安吉に、又十郎は眉根を寄せた。

「それ、どういうことだ」

「いつだったか、竹蔵《たけぞう》ってやつに、天音が突き飛ばされて尻もちをついちまったことがあって。でも、すぐに起き上がってものすごい勢いで竹蔵を突き飛ばし返してた」

「えええっ！　まさか、そんな、うそだろ」

「ほんとだよ。お師匠様が教場に来たからそれっきりになったけど、そうじゃなかったら、取っ組み合いのけんかになってたかもしれねえ」

あの引っ込み思案の天音が、いっつも俺の背中に隠れてる天音が、男の子とけんかだと？　そんな馬鹿な。あり得ねえ。……まあいい。安吉の言うことなんてあてになるもんか。

「おい、ヤス。天ぷら食べさせてやったんだから、お前、ちゃんと天音を守れよ」

「……キス食ってもいい？」

「ああ。なんでも食え」

「じゃあおじさん、キスと海老《えび》ちょうだい。わかったよ、又兄。俺、天音を守るから」

「よし。だけど天音にあんまり近づくんじゃねえぞ。あと、なれなれしい口をきくな」

「えっ。じゃあどうやって守るの？」

「陰から守れ、陰から」

「うん、そうする。……やっぱりアナゴももう一匹食いたい。又兄、全然食ってねえな。腹でも痛いのか」

「痛いのは胸だ。大きな穴があいちまってる」

「えっ！　そりゃ大変だ！　医者に診せなきゃ！」

「いや、大丈夫。ものの例えだ。いいからお前は食ってろ」


蔵前八幡から帰り、湯屋へ行ってさっぱりした又十郎は、天音と一緒にお清を迎えに行った。これから手習い所の月見へふたりを送っていくのだ。

八幡様で懲《こ》りたので、又十郎は天音とお清を先に行かせ、自分は少し離れて歩いた。天音とお清は肩を寄せ、ひそひそとなにやら楽しそうに話をしている。

仲良しの友だちができて、日々平穏に暮らせてほんとによかったなあ、天音……。

又十郎は涙ぐみそうになって空を見上げた。

夜空は晴れ渡り雲ひとつない。見事な月だった。

天音が通っている米沢町《よねざわちょう》の手習い所は毎月五がつく日は休みなので、葉月十五日は朝から蔵前八幡に詣で、夜は手習い所の月見へ行く。楽しいことづくしの一日なのだ。

又十郎も六つから十二になるまで、同じ手習い所の筆子《ふでこ》であった。出来はまあまあだったと自分では思っている。

手習い所のお師匠様は名を水原七緒《みずはらななお》という。歳はたしか四十一。二十年前に手習い所を継いだのだそうだ。

お勝と天音の母お時《とき》は、先代のお師匠様の教えを受けた。七緒の伯母にあたるその人は十年ほど前に亡くなっている。

七緒はひとり身で、住み込みの年老いた下男夫婦と三人で暮らしていた。色白で少しぽっちゃりしているせいか年より若く見える。

そしていまだに娘っぽいところがある。おっとりしているのだが、怒ると怖い。目つきが鋭くなって、声の調子も変わり、ずんと腹にこたえる。手に持った竹の鞭《むち》が空を切る音ときたら……。

又十郎は己はもちろん、誰かが鞭で打たれるのを見たことはない。七緒は「静かになさい！」と言って鞭を振るだけだ。

どんな悪たれ坊主もそれで静かになる。なにかの折に七緒を見かけた平助が、『七緒どのは武術の心得があるように見受けられる』と言っていたから、きっとそうなのだろう。

でも、普段はとても優しいし、熱心に教えてくれるので通う子どもは多かった。絶対にえこひいきしないところも人気がある一因だと思われる。

巴屋の前を通ると（お清の長屋は巴屋から見ると手習い所とは逆の方向になる）、軒先に置いた三方《さんぽう》に月見団子が山盛りになっており、子どもたちが箸《はし》にさして持ち去っていた。

もちろんこれは許されている。むしろたくさん持っていかれたほうが縁起が良いとされていた。

月見団子は十五夜にちなんで十五個食べるのが習わしだったが、もちろん又十郎たちはそんな決まりを守ってはいなかった。

あのころはほんとになにも考えてなかったよなあ。楽しかったけど。あのとき一緒だったやつらも、今ごろこの月をながめているんだろうか……。

天音とお清を送って行ったら迎えに行くまでの間しばらく暇になる。去年は家で平助と酒を飲んだが今年はどうしよう。

おっかさんがきぬかつぎ（里芋）をゆでていたから、それを土産《みやげ》に佐吉さんのところにでも行ってみようか。きぬかつぎの皮をむき、塩をかけて食う。酒はたぶん熱燗《あつかん》のほうが合うよな。

なんかもっと他に酒の肴《さかな》ねえかな。川べりの屋台でみつくろって買って行くのもいい。

途中で天音たちを迎えに行って、戻ったらまた佐吉さんと飲もう。八幡様で天音に邪魔にされちまったから、やけ酒ってものを飲んでみてやるんだ。今夜は家へ帰《けえ》らねえぞ……。

ところが手習い所が見えたとたん、おなじみのあの嫌な感じがわきおこった。又十郎は愕然《がくぜん》とする。まさかここに幽霊がいるってのか？

門のところで帰ろうと思っていた又十郎は教場まで行くことにした。幽霊が天音や皆に悪さをしてはいけないと思ったのだ。

「お師匠様にあいさつしてから帰《けえ》る」と天音に告げ、又十郎は教場へと急いだ。

教場の床の間には菅原道真公《すがわらのみちざね》の肖像の掛軸がまつられている。いつもなら七緒が床の間を背にして座り、筆子たちが七緒と相対する形で天神机《てんじんづくえ》に向かっているのだが、今日は月見の宴ゆえ、机は教場の後ろのほうにかためて置いてあった。

障子《しょうじ》を開け放ち、縁側にはススキをさした花瓶、月見団子ときぬかつぎをそれぞれ盛った三方が供えられている。

又十郎のいつもの嫌な感じはますます強くなっていた。そして案の定、天神机を置いた前あたりに黒い霧がわだかまっている。

二十人ほどの筆子たちが集まっていた。安吉も友だちらしき子たちと、なにやら話しこんでいてうれしそうだ。天音はお清と一緒に縁側の供え物を笑顔でながめている。

そのとき七緒が教場に入って来た。藤納戸《ふじなんど》色の地色に七宝柄《しっぽうがら》の小袖を着ている。

「あら、机がひとつ残っていますね。安吉、机をうしろへ置いてちょうだい」

七緒は又十郎に向かってにっこり笑った。

「又十郎は天音を送ってきてくれたのですか」

「はい。お師匠様にご挨拶をしてから帰ろうと思いまして。あと、少しお話が……」

七緒には幽霊がいることを知らせておこうと思ったのだ。

「きゃーっ！」という悲鳴がいくつも聞こえたので、又十郎は驚いて振り返った。筆子たちが棒立ちになり一点を見つめている。

黒い霧が動いて行くのが見えた。

恐怖で顔をゆがめた天音とお清が手を取り合って駆けてくる。天音が又十郎にぶつかるようにしてしがみついた。

他の筆子たちも、悲鳴を上げながら又十郎と七緒の元に走り寄った。ほとんどの子がべそをかいている。

数人がしゃがみこんだと思ったら、手で顔を覆《おお》い泣き出した。友だちどうしで抱き合っている子もいる。

男の子たちが妙な感じで黙りこくっているのは、あまりの怖さに声が出ないのだろう。

七緒が「大事ありませぬよ」と言いながら側《そば》にいる子たちの頭をなでた。しかし、声が震えているし顔色が真っ青だ。又十郎は小声でたずねた。

「お師匠様、いったいなにがあったのでしょう？」

「……又十郎、そなたあれが見えぬのですか？」

「黒い霧に邪魔をされてなにも見えないんです」

「さっき安吉が片づけた机が、ひとりでにすーっと動いて元の場所に戻ったのです」

きっと幽霊だ……。あの黒い霧の中に幽霊がいるに違いない。

しかもこの幽霊は机を動かすだけの力を持っているのだ。悪霊だったらなにをされるかわからないぞ。

又十郎は今すぐ天音をかかえ、家に走って帰りたかった。

でも、そんなことは絶対に許されない。他の筆子たちやお師匠様のことも守らなくては。

ああ、でも怖い。霧の中にはどんな幽霊がいるんだろう。もし鬼や物の怪だったらどうしよう。

又十郎は父の平助がくれた目黒不動尊のお守りを握りしめた。七緒が凛《りん》とした声で言う。

「皆はここにいなさい。又十郎は私と一緒に来てください」

嫌だ！　嫌です、お師匠様。俺も皆とここにいたい。幽霊の側になんか行きたくない！

でも、天音やお清ちゃん、そして安吉の手前それは無理だよな。軽蔑されるのは困る。

又十郎は勇気を振り絞って黒い霧のほうへ足を運んだ。又十郎と七緒が近くに行ったとたん、黒い霧がふっと消えた。

女の幽霊だ。藍《あい》色の縞《しま》の着物で歳は二十過ぎくらい。

目の大きな整った顔立ちだが、右目の下にほくろがあるせいか、寂しそうとかはかなげという言葉が似つかわしい。

ああ、やっぱり幽霊がいた。どうしてこんなところに？　どうしてよりによって今日？　どうして俺の前に現れるんだ？

いきなり又十郎のひざから力が抜けた。ふにゃふにゃと正座をした又十郎に七緒が驚く。

「いったいどうしたのです」

又十郎はのろのろと指をさし、ささやいた。

「ここに幽霊がいます」

七緒が右手で口を押さえた。そのままずるずると横座りに腰を下ろす。

「どういたしましょう……」

七緒の顔から血の気が引いた。無理もない……。

幽霊は天神机の前に背筋を伸ばして正座している。両手をそろえてひざの上に置き、一心に前を見つめていた。

安吉が、だだっと床を踏み鳴らして駆け寄り、幽霊の前の机を持ち上げてうしろへ運ぶ。

「俺がせっかく片づけたのに、なんで机の野郎動いたりすんだよ」

安吉が机の上に座った。

「へへん、こうすれば動けねえだろ」

幽霊が立ち上がった。まずい！　怒らせて祟《たた》ったりしたら大変だ。

「ヤス！　机からおりろ！」

「嫌だね」

安吉が口をとがらせそっぽを向く。又十郎は机に走り寄り、安吉を横抱きにして飛び退《すさ》った。

「なにすんだよ！　又兄！」

手足をバタバタさせていた安吉がはっと息をのんだ。また、机がひとりでに動いたのだ。

又十郎には、幽霊が腰をかがめ机を引っ張っているのが見える。

「わあっ！」とか「きゃあっ！」とか筆子たちから一斉に悲鳴が上がった。小さい子や女の子たちは声をあげて泣き始めた。天音もお清と抱き合ってしゃくりあげている。

すっくと立ち上がった七緒がにっこり笑う。

「今宵《こよい》の美しい月に浮かれて現れた、小さな物の怪がいたずらをしておるのやもしれませぬ。物の怪が速やかに退散するよう、この机は明日寺へ預けて祈禱してもらいます」

さすがはお師匠様だ。うまいこと言いなさる。と、又十郎は感心した。

「お前ら、珍しいものが見られてよかったな。こりゃあ皆に自慢できるぜ」

又十郎がわざとおどけて見せると、筆子たちにぎこちないながらもなんとか笑顔が戻った。

「机の悪さのせいで遅くなってしまいました。月見団子ときぬかつぎを持たせてあげますから、今日は皆、もう家へお帰りなさい」

七緒に続いて又十郎も口を開く。

「ちゃんと数えて平等に分けるんだぞ」

年かさの女の子が月見団子を取りわけるのを見ながら又十郎は七緒にささやいた。

「天音とお清ちゃんを送ったら、俺、ここへ戻ってきます。どうしたらいいか相談いたしましょう」


お清を家へ送り届けると、又十郎は手習い所へ駆け戻った。七緒と年老いた下男夫婦が心配だったのだ。

又十郎は教場の隣にある小部屋へ通された。そこは筆子が悪さをして七緒のお小言を食らう部屋だったので、又十郎は座っていても妙に落ち着かなかった。

「もう叱ったりはいたしませぬよ」

七緒がくすりと笑う。大ぶりの湯飲みに入ったぬるめの麦湯と、月見団子がのった皿が又十郎の前に置かれた。

「どうぞ。駆け通しでのどがかわいたでしょう」

「ありがとうございます」

又十郎はごくごくと半分ほど麦湯を飲んだ。口元を手でふこうとして、あわてて手ぬぐいを使う。

そして懐から紙と矢立《やたて》を取り出した。幽霊の絵姿を描く又十郎を、七緒がじっと見つめている。

「あいかわらず上手ですね」

「いいえ、そんな。お師匠様。俺は幽霊が見えても話せませんし、幽霊はこちらが見えぬようなのです。だから幽霊の素性もこちらで調べなくてはなりません。この人に見覚えはありませんか？　幽霊が教場にいるということは、筆子だったのではないかと思うのですが」

「歳は二十過ぎくらいかしら。だとしたら、私が伯母上のあとを継いだのちここへ通っていた子ですね……」

七緒が手を自分のひたいに当てる。

「……お小夜《さよ》かもしれませぬ。その子も右目の下にほくろがあったのです。目から鼻にかけての感じが似ている気がします。十六年前に七つでした」

七緒が目をうるませた。

「お小夜だとしたら……。あの子はもう死んでしまったのですね。まだ若いのに。病か、それとも産後の肥立ちが悪かったのか。かわいそうに……」

うつむいた七緒が小さなため息をつく。

「お小夜は利発で熱心な子でした。でも、入門してひと月で突然手習いに来なくなってしまったのです。住まいを訪ねてみたら奉公に出したと。酒浸《さけびた》りの父親が申しておりました」

「お小夜さんはきっと心残りがあって、それを晴らしてあげれば成仏していなくなると思うんです」

「心残りですか……」

「それが何なのか調べてみようと思います。まずはお小夜さんの消息から。家の場所はわかりますか」

「ええ。でも、調べるのに骨が折れるのではありませぬか？」

「大丈夫です。ご心配なさらないでください。元定町廻り同心の方に相談してみますから。それよりお師匠様、手習い所のほうはどうなさるのですか？」

「幽霊と一緒に手習いをするなど、筆子たちにはとても無理でしょうから、しばらく休みにいたしましょう。久しぶりにゆっくりできてよいのです。私も、お小夜の心残りが何なのか考えてみますね」

「よろしくお願い申します」

3

又十郎は伝兵衛とともにお小夜が住んでいた長屋を訪ねた。しかし、お小夜の両親と弟妹は十年ほど前に夜逃げし、以来行き方知れずとのことである。

父親がこしらえた借金が払えなかったらしい。毎日借金取りが押しかけていたそうだ。

幸いなことに長屋の大家の覚書に、お小夜の奉公先が記されていたので、ついでにそちらへも行ってみることにした。

奉公先は浅草の中くらいの格式の料理屋だった。伝兵衛がお小夜のことを聞くと、ほどなく主が現れた。

「お小夜のことはよく覚えております。よく気がつく働き者で、うちでは重宝しておりました」

いったん言葉を切った主が声をひそめた。

「うちへきて半年が過ぎたころ、お小夜は奉公先を代わりました。そういえば聞こえはいいが、要するに父親に売られたんです。品川宿の旅籠《はたご》に……」

品川宿の旅籠に売られたということは、のちに飯盛女として働かされるということを意味する。お小夜の父親は、やはり碌《ろく》でもないやつだったのだ。伝兵衛がため息をつく。

飯盛女は宿屋の奉公人で、客の世話をするというのが建前だったが、実際のところは幕府黙認の私娼《ししょう》である。貧しい庶民の娘が売られることが多かった。

家のために売られ、身をひさぐ。死ねば投げ込み寺に捨てられた。あまりにも悲しい末路である。

お小夜もおそらく海蔵寺《かいぞうじ》あたりに無縁仏として葬《ほうむ》られているのだろう……。お小夜が品川宿へ売られたのは天音よりも幼い頃ということになる。

又十郎は胸が痛んだ。

「実は、お小夜は近頃死んでしもうたらしい。昔通っていた手習い所に、昨夜幽霊になって現れたのじゃ」

「な、なんと……」

伝兵衛の言葉に主が絶句した。

「又十郎は家に憑いた幽霊が見えるゆえ。こういう具合に教場に座っておるらしい」

伝兵衛がお小夜の絵姿を見せると、主が「ああ」とうめいた。

「なきぼくろと、目から鼻にかけて面影が。お小夜。なんとむごいこと……」

「お小夜を成仏させるために心残りを晴らしてやらねばならぬのだが、お小夜のことでなにか覚えておることはないか」

「十六年も昔のたった七つの子ども。しかも半年しかおりませんでしたので……」

しばらく考え込んでいた主がはたと手を打った。

「漢字を習いたいと言っていたようです。仕事にも慣れたので寝る前に教えてやってもよいかと女中頭に聞かれた覚えがあります。……そうだ！　でもそのあとすぐ品川へ行ってしまったので、お小夜はけっきょく漢字を習えずじまいだったんです。もっと早く教えてやればよかったと女中頭が悔《く》いておりました」

「なるほど。かなは手習いに通って学んだそうじゃからな。向上心のある子じゃのう」

この店でずっと働くことができていたら、お小夜さんのことだ、女中頭になっていたかもしれない。それともこの店から嫁にいっただろうか。

どちらにしても、元気で幸せに暮らしていただろうに……。

料理屋を辞した伝兵衛は又十郎を飯屋へ連れて行ってくれた。人通りの多い道から少し入ったところにある小さな店だ。

わざと人通りの少ないところに店を構えて、客を選んでいるのかもしれないと又十郎は思った。伝兵衛がちらしどんぶりをふたつたのんだ。

伝兵衛様はいつもうまいものをごちそうしてくださる。ちらしどんぶりってえのもきっとおいしいにちがいねえ。

ちらしどんぶりは、しいたけ、蓮根《れんこん》、海老、鰺《あじ》を酢飯に混ぜ込んだものだった。上に薄く焼いた卵を細切りにしたものがかかっている。

ひと口食べた又十郎は、思わず「うめえ！」と言ってしまって、あわてて手で口を押さえた。

伝兵衛がにやりと笑う。折敷《おしき》の上には熱々の味噌汁ものっていた。

味噌汁の実は、ちぎって油でいためたこんにゃくと、ごぼうと大根。いわゆるたぬき汁である。

ああ、味噌汁もうめえ。俺はなんて幸せなんだろう……。

「ごちそうさまでした。すごくうまかったです」

頭を下げる又十郎に、伝兵衛はふむふむと満足そうにうなずいた。

「お小夜のことだが……」

又十郎ははっとして背筋を伸ばした。

「父親は最初からお小夜を品川宿へ売り飛ばすつもりだったとわしは思う。いったん料理屋へ奉公に出し、そこから品川へやれば母親や近所の者たちにもばれぬゆえな」

お師匠様だって、行き先が品川宿だと知れば反対するだろう。あのお師匠様のことだ。たとえひと月でもお小夜は大切な筆子のはずである。

「それとな。一家が夜逃げしたとなると、借金はおそらくお小夜がかぶったのだろう」

又十郎は思わず「あっ」と声をあげた。一家の中で居所がわかっているのはお小夜だけだ。

ただでさえ借金まみれなのに……。遊女の年季は十年と言われているが、たいていの者はつとめあげることなく死んでしまう。

それでも、年季明けというのはひとつの希望であったろうに。お小夜はそれすら許されていなかったのだ。

お小夜のような身の上の女子はたくさんいる。世間にはよくある話だった。

だが、又十郎はやりきれなかった。現世《うつしよ》で幸薄かったお小夜を、せめて一日でも早く成仏させてやらなくては。

自分がお小夜のためにできることはそれしかないのだから……。

「品川宿へは佐吉と行くがよい。わしでは警戒されて話が聞けぬじゃろう」

「はい。そういたします。今日はありがとうございました」

又十郎は深々と頭を下げた。


次の日、又十郎は佐吉とともに品川宿へと出かけた。

「仕事を休んでもらっちまってすみません」

「いいってことよ」

佐吉がにっと笑う。今日は着物も髷《まげ》もちょっとくずしているので、いかにも遊び人というふうに見えた。

「このなりのほうが、話を聞きやすいからな」

「ありがとうございます」

東海道の最初の宿場町である品川は、目黒川を境にして南品川宿、北品川宿、そして享保《きょうほう》期に北品川宿の北に作られた歩行新宿《かちしんしゅく》とに分かれている。歓楽街は吉原《よしわら》に並ぶにぎやかさであった。

「旅籠は八十軒くれえあるんじゃねえか」

「えっ、そんなに！」

「安いところだと四百文で遊べるんだぜ」

「へええ……」

「お小夜って女子は気の毒だったな……。まあ、でも、ここにいる女は、皆似たりよったりの身の上だから」

佐吉がほろ苦い笑みを浮かべる。

「さあ、片っ端からたずねてみよう」

佐吉が旅籠に入ると、女たちの表情がぱっと華やいだ。さすがは並外れた美男だと、又十郎は感心した。

「俺は客じゃねえんだ。ちょっと人を探してる」

あからさまにがっかりした様子の女たちに、佐吉が「すまねえ」と軽く頭を下げ、懐から絵姿を取り出した。

「お小夜という名で、最近死んじまったらしいんだが、右目の下にほくろがある」

「うちの店にはいないけど、この娘がどうかしたのかい？」

「幽霊になって手習い所に憑いてるってこいつが言うもんで、早く成仏させてやらなきゃお小夜も気の毒だし、家の持ち主も困るだろ」

「幽霊とはおっかないねえ」

「くわばら、くわばら」

「そりゃあ、思い残しがいっぱいあるんだろうよ。あたしらのような暮らしをしてたら」

「あっ、ひょっとしてあんた、幽霊が見える損料屋のきょうだいの兄貴のほうかい？　いつだったかお客さんが言ってた」

「あ、はい。そうです」

「確か妹が声が聞こえるんだろ」

「物に宿った人の思いが聞こえるらしいです。なので、お小夜さんの遺品があったらと思って」

女のひとりが眉根を寄せた。

「そういえば、まだなんか聞いたっけ……」

「じゃあ、次の店へ行こうか。邪魔してすまなかったな」

そそくさと佐吉が帰ろうとしたとき女が叫んだ。

「思い出した！　べらぼうな男前が女の幽霊にとり憑かれてるって。それ、あんたのことじゃないのかい？」

「わあっ」と悲鳴を上げながら、女たちが一斉に佐吉から離れた。佐吉があわてて叫ぶ。

「違うんだ！　俺には誰もとり憑いちゃいねえ！」

女たちの誤解を解かなければと又十郎は思った。

「確かにこの人の家に女の幽霊がとり憑いてましたけど、その人はもう成仏しましたから」

「でもやっぱり、女に恨まれてたんだろ？」

「そりゃあそうさ。こんなにいい男じゃ、たくさん女を泣かしてるだろうし」

「幽霊はこの人とはかかわりがなかったんです。隣に住んでた男が女を殺《あや》めて、この人の家の床下に埋めたので幽霊が家に憑いたっていう仔細です」

「うわあ、あんた気の毒だねえ」

「だろ？　自分でもそう思う」

佐吉がにやりと笑った。

二十軒近くの旅籠でたずねたが収穫はなかった。佐吉に申し訳ないと思いながら又十郎は次の旅籠『かわの屋』ののれんをくぐった。

「最近亡くなったお小夜って女を探してるんだが」

旅籠の女将《おかみ》らしきでっぷりと太った女が絵姿を見ながらうなずいた。

「この娘は、たぶんうちにいたお小夜だろうねえ。生まれは両国。浅草の料理屋からここへ奉公替えしたといえば聞こえがいいけど、要は父親に売られたのさ」

ああ、お小夜だ。とうとう見つけた……。

「調子が悪いって半月ほど臥せってたかねえ。急に高い熱が出てあっという間に死んじまった。こちとら大損だよ」

さんざんしぼりとっていただろうに、大損が聞いてあきれる。

「あのう、お小夜さんと親しかった人はいますか？」

「いるけど、あんたたちはいったい何をしようってんだい？」

女将が警戒をあらわにしたので、又十郎は丁寧に事情を説明した。

「まさかあたしがお小夜に恨まれてるってことはないんだろうね」

「もしそうだったら、お小夜さんの幽霊はこの店に憑いているでしょうから違います」

「それを聞いて安心したよ。よくしてやったのにとり憑かれちゃあたまらないもの」

「よく言うぜ」と佐吉がつぶやく。幸い女将には聞こえなかったようだった。

又十郎もむかっ腹がたったが、女将にへそを曲げられては困るので心の中で悪態をつくだけにとどめておく。

女将に呼ばれてやってきた女はお滝《たき》と名乗った。又十郎より少し年上というところだろうか。

うりざね顔で切れ長の目をしているが顔色が悪い。又十郎は女将にしたように、お滝にも事情を話した。

「お小夜さんは手習い所について何か話していませんでしたか？　実はお小夜さんの幽霊がいるのが手習い所なんです」

「ああ、手習い所のこと、お小夜ちゃんよく言ってた。ひと月だけ通わせてもらったけど、あのときが一番楽しかったって」

やはりそうなんだと又十郎は胸がつまった。

「墨《すみ》のにおいが好きだったし、友だちもいっぱいできたと聞いたっけ。あと、先生が優しく教えてくれて字を覚えるのも苦にならなかったらしいよ」

思い出そうとするかのように宙を見つめて考え込んでいたお滝が、「そうだ」とつぶやいた。

「もう一日だけ行きたかったって。そのときはなんだかすごく寂しそうな顔してた。急に奉公へ出されることになって、次の日はもう向こうへ行かなけりゃならなかったみたい」

「お師匠様や友だちにさようならを言いたかったんでしょうか」

「たぶんそうだと思う」

「お小夜さんになにか形見になるような物をもらいませんでしたか？」

「ああ、妹に声がするかどうか聞かせるのね。ちょっと待ってて」

戻って来たお滝が、又十郎に赤い櫛《くし》を差し出した。歯が欠け、ところどころ塗《ぬ》りがはげている。

「お小夜ちゃんがずっと使ってた。死ぬ間際にもらったの」

「すみません、お借りしてもいいですか？」

「返さなくていい。その代わり、お寺で供養して。お経あげてもらったらお小夜ちゃんきっと喜ぶと思うから」

お滝は寂しそうにほほえんだ。鼻の奥がつんとして涙が出そうになり、又十郎はあわててまばたきをした。

巴屋へ戻るとすぐに天音が言った。

「まあ坊の胸のところから女の人の声がする」

又十郎が懐から出した櫛を胸に抱き、天音が目を閉じる。

「先《まず》上を天と云《いい》、下を地と云《いう》。月日《つきひ》の出る方を東と云、月日の入方《はいるほう》を西と云。東に向ひ右の方を南と云、左の方を北と云《いう》也」

天音が小首をかしげる。この文言《もんごん》はどこかで聞いたことがあると又十郎は思った。

「あっ！『近道子宝《ちかみちこだから》』の最初のところだ！」

近道子宝は、子どもが手習いで使う教本である。七緒は『いろは』を習得したあと、筆子たちに近道子宝を使わせていた。

4

「天音、ほんとうに大丈夫なのか。教場に幽霊がいるんだぞ」

手習い所の門のところで又十郎は念を押した。天音がこくりとうなずく。

今まで幽霊がいるところへは怖くて行くことができなかった天音が、どうした風の吹き回しか一緒に行くと言ったのだ。

まあ、怖くて我慢できなくなったら、家へ走って帰ればいいだけの話さ。通い慣れた道だし。

「お小夜さんがかわいそうだから、力になってあげたい」

お小夜のことは天音にも包み隠さず話したので、天音なりに思うところがあったのだろう。

「そうか。よく決心したな。きっとお小夜さんも喜んでくれるぞ」

天音の優しい気持ちが、又十郎にはとてもうれしかった。

又十郎がお小夜の境遇を説明すると、七緒はくちびるをかみしめた。ひざの上で握りしめた両のこぶしの節のところが白くなっている。

「品川宿の旅籠に売られていたなんて……。お小夜は浅草の料理屋で元気に働いていると親御さんからは聞いていたのですが」

七緒はお小夜の形見の櫛を見つめ、胸に抱いた。

「お小夜の声がするのですね」

天音が「はい」と答える。

「先《ま》上《ず》を天と云、下を地と云。月日の出る方を東と云、月日の入方を西と云。東に向ひ右の方を南と云、左の方を北と云也」

天音がお小夜の声を伝えると、はらはらと七緒が涙をこぼした。

「近道子宝ですね。習い始めたところだったのですよ。たったひと月しか通っていなかった手習いを、お小夜はずっと心の支えに生きていたというのに。……ごめんなさい。ごめんなさい、お小夜。なにもしてあげられなくて」

お師匠様に責めはない。世の中にはどうしようもないことがたくさんある。でも、お師匠様の気持ちもよくわかった。

お小夜をちゃんと成仏させてやろう。あらためて又十郎は固く心に誓った。

それにしても、死んでからも思いが残るほどお小夜は手習いが好きだったとは……。いやいや通っていた自分が恥ずかしい。

又十郎は泣いている天音の頭をそっとなでた。

しばらくして泣き止んだ七緒が、少しきまり悪げなほほえみを浮かべた。

「さあ、お小夜が成仏できるようにいたしましょう」

お師匠様も自分と同じようなことを考えているらしい。

又十郎と天音と七緒は教場へやって来た。ぽつんと置かれた机にむかってお小夜の幽霊が座っている。

　又十郎はうしろから机を持ってきて、お小夜の右隣に少し離れて座った。そのまた右隣に天音が座る。

　七緒が床の間を背にし、お小夜の真正面に座す。又十郎と天音は墨をすり始めた。墨をすり終わったふたりは、近道子宝の最初のところの手習いをした。七緒が字をなおしたりと、皆普段通りにふるまった。

　だが、お小夜はそのままである。

「いつもの手習いではだめなのでしょうか。あ、もしかしたら筆子が俺と天音だけでは少な過ぎるのかもしれませんね」

「それとも、皆に別れを言いたいのかしら」

「皆って誰のことですか？」

「お小夜と一緒に手習いをしていた子たちです。だって、又十郎が申していたではありませぬか。『もう一日だけ行きたかった』と、お小夜が寂しそうに言っていたらしいと」

「はい。でも、お小夜さんがさようならを言いたかったっていうのは俺がそうかなと思っただけなんです」

「私も又十郎と同じ考えです。なのであの時の筆子たちを連れて来てお小夜にさようならを言ってもらったら成仏できるのではないでしょうか」

ううむ、どうだろう。お師匠様の言うことはなるほど筋が通っている。

だけど何かが引っかかる。

「奉公に行ったり所帯を持ったりして、町を離れてしまった子が多いのですが、このあたりに住んでいる子も四人ほどいるのです。あの子たちなら呼べば都合をつけて来てくれると思います」

今にも昔の筆子たちのもとを訪ねて行きそうな七緒に、又十郎は少し焦りを覚えた。

違う、なにかが違うのだ……。

「お師匠様。お小夜さんは別れを言いたいのではない気がします」

「なぜですか？」

「すみません。うまく言えません」

「それではここでしばらく自分の考えをまとめてみてください。麦湯でも持ってまいります。天音、手伝ってちょうだい」

うれしそうに天音が「はい」と返事をする。

天音のやつ、お師匠様にすっかり懐いちまってる。うちでの暮らしにも慣れたってことなんだろうな。

よかったじゃねえか……。又十郎はあおむけに寝そべった。

ここに通ってたころは、教場のことずいぶん広いって思ってたけど、そうでもなかったんだ。

又十郎はお小夜をちらりと見やった。やはり月見のときと同じように両手をひざの上に置き、一心に前を見つめている。

この様子は、やっぱり手習いがしてえ感じだよな。友だちやお師匠様にさようならを言うってかっこうじゃねえもの……あっ！

又十郎は飛び起きた。お小夜が別れを告げたいのなら、ここでお師匠様にあいさつをして、次は友だちの家へ行くよな。

それがここにずっとい続けてるってことは、教場でしかできないことがやりたいんだ。

ああ、これですっきりした。じゃあ、あと一日ここへ来たかったってのはなにをしたかったんだろう。

そりゃあ花見や月見は楽しかったけど、手習いが楽しいだなんて。よっぽどお小夜は勉学好きだったんだ。

いい。

あ、そうか。俺がいくら考えても無駄だ。手習いのことはお師匠様に聞いたほうが
そのとき七緒と天音が戻って来たので、又十郎はあわてて姿勢を正した。

七緒が麦湯の入った湯飲みを又十郎の前に置く。天音が持って来た皿には饅頭が盛られていた。

七緒がほほえむ。

「頭の整理はつきましたか?」

「はい。お小夜さんが別れを告げたいのなら、ここにとどまらずに皆のところへさっさと行ったはずです。だから、なにか手習いに関わることで心残りがあるのだと思うんです」

「なるほど」

「お小夜さんが『あと一日行きたかった』と残念がっていたというあの日、手習いでなにをする予定だったのでしょう」

「ちょっと待っていてくださいね」

七緒は教場の隣の小部屋へ立って行き、すぐに戻って来た。ぶ厚い帳面を手にしている。

「これを見ればわかるかもしれませぬ」

「それはなんですか？」

天音の問いかけに、七緒が優しく答える。

「これは筆子ひとりひとりの覚書です。いつ入門したかとか、いろはを習得したとか、新しい教本に進んだとか、節目節目に日付とともに記してあるのです」

「俺のもあるんでしょうか」

「もちろんです。いつどういうことでどんなふうに叱ったかもちゃんと書いてありますよ」

天音がくすりと笑う。

「俺のところだけ破って燃やしちまってください」

「そういうわけにはまいりませぬ。これは私の大切な宝物なのですから」

七緒は帳面をめくって調べ始めた。

「あ、ありました。お小夜はひと月しかいませんでしたから、覚書も少しだけですが……」

覚書を読む七緒の目がうるむ。

「あの日、お小夜は近道子宝の一斉音読に初めて入れてもらえることになっていたのですね」

一斉音読は皆で声をそろえて読むので、上手に読めるようにならないと仲間に入れてもらえない。又十郎も小さいころは、一斉音読が許されるととてもうれしかったものだ。

「明日から一斉音読をしてもいいと言ったら、飛び跳ねるようにして帰って行ったのを思い出しました」

天音が小首をかしげているのが又十郎は気になった。

「どうした？　天音」

「四年ほど前から一斉音読はやめたので、天音は知らぬのです」

「えっ、なぜですか？」

「一斉音読が重荷になって手習いを休む筆子がいたのです。入れてもらえぬのはつらいし、入れてもらえても、今度はつっかえはせぬかと案じられてやはりつらいとのことでした」

又十郎は能天気なので気に病んだことはなかったが、気の小さい子ならそういうこともあるだろう。

「それを聞いて私は反省いたしました。筆子にそんな思いをさせていたのにまったく気づかなかったことを」

七緒はいったん言葉を切って麦湯を口にした。

「筆子たちの性《しょう》はさまざまです。ひとりひとりに合った教え方をせねばならぬと、遅ればせながら思い至ったのです。なので、それからは小部屋へひとりずつ呼んで音読させています。時折筆子の悩みを聞いてあげることもあるのですよ」

もじもじしていた天音が、意を決したように口を開いた。

「あたしは人前でしゃべるのが得手ではないので、小部屋での音読はとてもうれしいです」

「それはよかった」

七緒がにっこり笑う。天音も、お師匠様にはちゃんと自分の思ってることが言えるんだな。

よかったと思いながら、自分にも言ってほしいなと、又十郎はちょっぴりうらやましくて寂しかった。

あ、そうか。だから天音はお小夜の櫛から聞こえてくる声が、近道子宝の最初のところだってことがわからなかったんだな。

一斉音読をやっていれば、近道子宝の冒頭も自然に耳に入ってくる。だから近道子宝を教本に使っていなくても聞き覚えがあるはずだった。

「では、皆で近道子宝の一斉音読をすれば、お小夜は成仏するかもしれませぬね」

「はい。俺もそう思います」

「では、さっそく筆子たちの家を回って仔細を話してまいりましょう」

ところが、筆子たちは手習い所へやってはこなかった。親が反対したり、子ども自身が怖がったりしているらしい。

幽霊の側にいて祟られたら困ると思うのは、無理もないことであった。

肩を落とす七緒をはげまそうと、又十郎は明るく言った。

「俺と天音のふたりだけでもやってみます。もしだめだったら、お師匠様がおっしゃっていたお小夜さんと一緒に通っていた人たちに音読をお願いすればいいのではありませんか」

「ありがとう、又十郎。くよくよしてもはじまりませぬし、まずはとにかくやってみましょう」

そのとき、「こんにちは！」という声がした。お清と安吉がやって来たのだ。

「来てくれたのですね。ありがとう。でも、かまわぬのですか」

お清と安吉がこくりとうなずく。

「おっかさんはやめろって言ったけど、俺は幽霊なんて怖くねえんだ」

安吉が胸をそらした。天ぷらをおごってやったときに、『天音を守れ』と言ったからかもしれない。けっこう義理堅いんだなと又十郎は感心した。

「あたしだっておっかさんになにかあったら、弟や妹を養うためにお小夜さんと同じ身の上になるかもしれないので、他人事《ひとごと》じゃないんです。それに天音ちゃんががんばってるから力になりたいと思って」

「ありがとう！　お清ちゃん！」と言いながら天音がお清に抱きついた。

又十郎と天音、お清、そして安吉の四人は、机を並べて座った。七緒が皆の正面に座る。

「では、一斉音読、始め！」

「先《ま》上《ず》を天と云、下を地と云」

教本を読みながら、又十郎はそっと隣に座るお小夜の様子をうかがった。

「月日の出る方を東と云、月日の入方を西と云。東に向ひ右の方を南と云、左の方を北と云也」

読み終えて子どもたちはふうっと息を吐いた。

「お師匠様、お小夜さんはそのままです」

又十郎の言葉に、皆が残念そうな表情を浮かべる。

「そうですか。やはり人数が少ないのかもしれませぬね」

「お師匠様、お小夜さんの手習い仲間の所と名を教えてください。俺、ひとっ走り行って頼んできます」

「ありがとう、又十郎。でも、私がまいりますよ」

「じゃあふたりで手分けしましょう。そのほうが早いと思うので」

「そうですね。ではお願いします」

七緒が筆を取ろうとしたそのとき、又十郎は誰かの声が聞こえた気がして思わずお小夜を見た。しかし、お小夜は微動だにしていない。

空耳か……。又十郎は苦笑した。

「……に……は」

あれ？　又十郎は耳をすませた。安吉がつぶやく。

「なんか声がしねえか？」

「だよな。俺も聞こえる」

「こんにちは！」

今度ははっきり聞こえたので、又十郎たちは顔を見合わせた。

さらに廊下でいくつもの足音がする。こちらへやってくるようだ。

教場の入り口の引き戸が勢いよく開いた。安吉が叫ぶ。

「お前ら、来ねえんじゃなかったのかよ！」

筆子たちがやって来たのだった。十数人いる。

皆が口々に言った。

「お師匠様がお困りだろうと思って来ました」

「幽霊もかわいそうだし」

「ちゃんと成仏させてあげなきゃね」

「いつまでも手習いが休みっていうのも退屈で困っちゃう」

「家で手伝いするより手習いのほうが楽しい」

「お師匠様や皆に会えないのはさびしいもの」

「ねえ、さっさと座ろうよ。あたし黙って出て来ちゃったから」

筆子たちはがやがや言いながら机を運んで座った。七緒が涙ぐんでいる。

「みんな、ありがとう。ほんとうにありがとう」

深々と一礼した七緒は、近道子宝の冒頭を記した紙を筆子たちに配った。

「皆、用意はいいですか」

筆子たちに緊張が走る。又十郎は深く息を吸い、吐いた。

さっきはお小夜が気になってちらちら見てたけど、ちゃんと集中しなきゃだめだ。心を込めて音読しよう。

「では、始め」

「先《まず》上を天と云、下を地と云。月日の出る方を東と云、月日の入方を西と云。東に向ひ右の方を南と云、左の方を北と云也」

ふと、あたりの気配が変わった気がして、又十郎はお小夜を見た。

「お師匠様！　お小夜さんがいなくなってます！　無事成仏しました！」

又十郎の言葉に皆が歓声を上げる。

「よかった！」

「やったぜ！」

「また明日から来れるな」

「えーっ、休み終わっちゃうのかよ」

「馬鹿！」

「いってえ！　たたかなくてもいいだろ」

筆子たちが一斉にしゃべり出す。泣いているのだろう。七緒が指先で目もとをぬぐう。

「おい！　皆！　ちょっと待っててくれ！　いいこと思いついたんだ」

「なんだよ、竹蔵」

「いいからさ。俺が戻ってくるまで門の前で待っててくれよ」

あいつが天音を突き飛ばしたってヤスが言ってた竹蔵か……。体が大きくて強そうじゃねえか。

とても天音が太刀打ちできる相手とは思えない。やっぱりヤスはいいかげんだ。でも、お小夜、成仏できてよかったな。そんなに一斉音読がやりたかったのかよ……。

又十郎は泣きそうになってあわてて天井をむいた。

門の前でしばらく待っていると、竹蔵が駆けてきた。なんと胸に大きな鯉を抱いている。

安吉が叫んだ。

「おい！　竹蔵！　その鯉、まさか店のか！」

「おう！　そのまさかってやつだぜ！」

「店ってどこの？」

又十郎は安吉にたずねた。

「あいつんち料理屋なんだ。『扇屋《おうぎや》』って又兄も知ってるだろ」

「ああ……って、店の売り物持ってきちまったのか」

「みてえだ。あいつ、なに考えてるんだろうな」

「竹蔵！　なりませぬよ！」

「お師匠様、大丈夫です」

言いざまに竹蔵が再び勢いよく走り出す。「わあっ！」と言いながら筆子たちもあとへ続いた。

「又十郎！　竹蔵を止めてください！」

七緒に言われ、あわてて又十郎も手習い所を飛び出した。はるか前方を竹蔵が走っている。

なんて足の速いやつだ……。

竹蔵が路地を抜け、表通りを駆けていく。

「こらっ！　竹蔵！　一番大きい鯉を持って行きやがって！　返せ！」

大きな声に驚いて又十郎が振り返ると、扇屋の主がものすごい形相で走って来るのが見えた。筆子たちが口々に叫ぶ。

「竹蔵！　おとっつぁんが追っかけて来たぞ！」

手をつなぎ笑いながら駆けている天音とお清や、何人もの筆子たちを又十郎は追い抜いた。だが、竹蔵にはなかなか追いつくことができない。

やがて竹蔵は両国橋に到達すると、鯉を両手で高く掲げた。

「あの世でお小夜さんがとびっきり幸せになれますように！」

大声で怒鳴ると、竹蔵は橋の上から鯉を放り投げた。橋を行きかう人々が「あっ！」と声をあげる。

鯉はどぶんと音を立てて川に落ちた。水しぶきが派手に上がる。すぐに浮き上がってきた鯉は、水面《みなも》で一度大きく跳ねてから再び水の中に戻った。

お小夜のための放生会とはな。竹蔵のやつ、とんでもねえ餓鬼だぜ。

又十郎の目から涙があふれ出た……。

第三話　鏡台

1

「はい、今日は簪《かんざし》を磨いておくれ」

天音と、手習いの帰りに巴屋へ寄ったお清に、お勝が上機嫌で平たい桐《きり》の箱と布をわたした。

「又十郎はこっちの簪」

わたされたのは、べっ甲でできたものや細工の細かいものなど、手入れが面倒な物ばかりである。

一方の天音たちは、平打ち簪や玉簪など、壊れにくい物がそろっていた。

「えっ、俺もやるのかよ」

思わずぼやく又十郎に、お勝がすっと目を細めた。

「いったい誰に向かって口をきいてるんだろうね」

「あっ、いけねえ。女将さん、すみませんでした」

「さっさとおやり。日が暮れちまうよ。ちったあお清ちゃんと天音を見習うんだね」

「へい、承知しました」

天音とお清がくすくす笑う。

まあ、子どもに高価な簪をさわらせるわけにはいかねえものな。又十郎は桐の小箱に入ったべっ甲の簪を取り出し、仔細に調べた。

べっ甲は斑《まだら》（黒い斑点）が少ないほど上質とされているが虫に食われやすい。だから必ず虫を防ぐはたらきがある桐の箱にしまわなければならなかった。

落としたりするとすぐ割れてしまうのも難点だが、熱を加えて圧着することにより、修理ができるのが幸いである。べっ甲の簪は非常に値が張るので、めったに借り手はいない。

うちの店はこういう品も置いていると体面を保ったり見栄《みえ》を張ったりするための役目をはたしているともいえるだろう。

次の箱には、花を模した花簪、縮緬《ちりめん》の小片をつまんで折りたたみ、組み合わせて花や鶴《つる》を作ってあるつまみ簪や、垂れ下がった飾りが揺れるびらびら簪など、細工の細かいものが入っていた。どれも美しい。

幸いお勝は奥の部屋にいる。

「天音、お清ちゃん。ここへ来てみな」

又十郎は自分の前の畳を指し示した。けげんそうな表情を浮かべながら、天音とお清が並んで座る。

ふたりの髪に、又十郎は簪を挿《さ》した。天音には菊の花を模したつまみ簪。お清には赤い珊瑚玉《さんごだま》がついたびらびら簪。

「よく似合ってるな。ほれ、鏡で見てみな」

商売物の手鏡をのぞきこんだふたりが「わあっ」と歓声を上げたので、又十郎はあわてて「しいっ」っと言いながら人差し指を唇《くちびる》にあてた。

天音とお清が顔を見合わせにっこり笑う。

「んじゃあ、次は簪を取り換えっこしてみ――」

「又十郎！」

振り向くとお勝が仁王立ちになっていた。怒りで顔が赤くなっている。

これはまずい。又十郎は畳に両手をつかえた。

「すみません！　女将さん！　ふたりがかわいいもんでつい店の品を……」

「お前はなんてことをするんだい！」

お勝が地団太を踏んだ。今にもつかみかかりそうな勢いなので、思わず又十郎は子どもたちを背後にかばった。

そっとふり返ると、天音とお清が身を縮め、涙ぐんでいる。確かに俺が悪いけど、なにもそんなに怒らなくてもいいじゃねえか。

しかしお勝の怒りはおさまりそうにもない。少し腹が立った又十郎は心の中で舌打ちをした。

「あたしの楽しみをうばうんじゃないよ！」

「……は？」

「なんでお前が天音とお清ちゃんの髪に簪を挿すんだい！」

お勝はどすどすと音をさせてやってくると、いきなり両手で又十郎の耳をつかんで引っ張った。

「痛《いて》ててて。や、やめてくれ！」

「うるさいねえ。向こうへおいき」

「わかったから放して」

又十郎は横へごろごろと転がってうめいた。耳がとれそうだ。

お勝が「ふん」と鼻を鳴らす。

「ちょっと引っ張っただけじゃないか。大げさだね。さあ、ふたりとも顔をよく見せとくれ。まあ、なんてかわいいんだろ。じゃあ今度は……」

お勝が天音とお清の簪を取り換えた。

「こっちもいい。まあ、かわいいからなんでも似合うってこったね。次はどれにしようかなっと。ほんとに又十郎ったら。あたしがなんのために天音とお清ちゃんに簪の手入れをさせたと思ってるんだい」

お勝は桜の花のつまみ簪を天音に、藤の花のつまみ簪をお清に挿した。

「きれいだこと……。ふたりとも鏡で見てごらん」

天音とお清がため息をつく。ほおが赤かった。

「天音がうちの子になってくれたおかげで、娘を着飾らせて楽しみたいっていう願いがやっとかなったってのに、どうして又十郎の馬鹿は邪魔するんだろうねえ」

ひでえ言い様だよなあ。耳をさすりながら又十郎は心の中でぼやいた。

「こんなかわいい友だちを連れて来てくれてなんて天音はいい子なんだろう。楽しみが倍になるんだもの。それに比べて又十郎の友だちときたら、みんな泥んこで、家へなんてあげられやしない。それはまあひどいもんだったんだよ」

さんざん簪で楽しんだあと、お勝はおやつの饅頭《まんじゆう》を持ってくると言って奥へ行った。又十郎はふうっと大きな息を吐《つ》く。

まあ、天音とお清に簪を挿して楽しみたかったのに、又十郎に邪魔をされて怒ったお勝の気持ちもわからぬでもない。巴屋はこのところ衣更《ころもが》えのせいで大忙しだったのだ。

長月《ながつき》の一日は単衣《ひとえ》から袷《あわせ》に衣更えをする。そして九日には袷を綿入れに着替えなければならないきまりだった。

上《うえ》つ方《かた》から庶民まで、衣更えの習わしは固く守られていた。たった八日間でも袷を着、どんなに暑くても綿入れを着る。

それが江戸っ子の粋《いき》というものだと考えられていたのだ。

裕福な者は文字通りただ着替えればすむ。だが、大多数の庶民は、自慢ではないが着たきり雀《すずめ》だ。

一枚の着物に裏をつけて袷にし、次に綿を入れる。これを夫や子どもの分を一日でやってしまわねばならないので、妻は大変だった。

一方、世話をしてくれる人がいない者は損料屋へ押しかける仕儀となった。衣更えのころ損料屋が忙殺されるはめになるのは、こういうわけなのである。

ただ今年は天音とお清という新たな働き手が加わったおかげでずいぶん助かった。又十郎は団子をおごってふたりの労をねぎらったのだ。


この日の夕餉のおかずは秋刀魚《さんま》を焼いたものだった。いわゆる『はんじよ』の秋刀魚である。

『はんじよ』とは『半塩』を意味した。房総《ぼうそう》の海でとれた脂ののった秋刀魚は、淡塩《うすじお》をふったうえで船で魚河岸《うおがし》へと運ばれた。輸送している間に淡塩がほどよくなじんで半塩秋刀魚と化す。これが焼くとべらぼうにうまいのであった。

先に秋刀魚をもらった小太郎は、腹がいっぱいになったからだろう。天音の側で仰向けにひっくり返って熟睡している。

「ああ、うまかった……」

飯を四杯たいらげた又十郎は満足の吐息をもらした。秋刀魚を肴に酒を飲んでいる平助がにやりと笑う。

「又十郎はまだ酒より飯なのだな」

おとっつぁんこそ酒が弱いくせに。俺があんまり酒が飲めねえのはおとっつぁんの血をひいてるせいだぜ。

「秋はおいしいものが多くて困っちゃうねえ」

天高くお勝肥《こ》ゆる秋ってね……。

「ごちそうさまでした」

「おや？　天音。ご飯一膳しか食べなかったのかい。具合が悪いんじゃないだろうねえ」

天音がかぶりをふる。どことなく表情が硬いように思われた。

「ならいいけど……」

「明日手習いが休みだから、前の長屋へ行ってみたい」

天音の突然の言葉に、又十郎の心ノ臓がぎゅんっと跳《は》ね上がる。酒を飲もうとしていた平助の湯飲みが宙で止まり、お勝も茄子《なす》の漬物に箸を伸ばしたまま固まってしまっている。

又十郎と平助、お勝は、無言のまま顔を見合わせた。

ああ、とうとうこの日が来ちまった。いつか天音が言いだすだろうと思っていたのだ。

心づもりはできている気になっていたが、それは甘い考えだった。いざとなるとあわてしまう自分が情けない。

「前の長屋って、深川伊勢崎町《いせざきちよう》の？」

お勝の問いに天音がうなずく。亡くなった親きょうだいと住んでいた長屋へ天音はいったい何をしに行くつもりなのだろう。

お勝が優しくほほえむ。

「えらく急な話だね。なにかあったのかい？」

「昨日の夜、おっかさんや皆の夢をみたから……」

「どんな夢？」

「真っ赤な牡丹の花が咲いてるところに皆がいて、なんだかすごく悲しそうな顔してた」

天音はうつむいて、言おうかどうしようか迷っているのかもじもじしていたが、やがて意を決したように再び口を開いた。

「だからもしかしたら、おっかさんや皆のうちの誰かが幽霊になって、前の長屋に憑いてるんじゃないかと思って」

そうだよな。絶対そう思うよな。俺もずっと同じこと考えてた。でも、行ってみる勇気がなかったんだ。

天音ひとりを遺して皆突然死んじまったんだから、心残りがいっぱいあるのは当たり前。絶対誰かの幽霊がいるにきまってる。

だからこそ訪ねることができなかったんだ。だって天音がすげえ悲しむのは目に見えてるから。

天音だって突然親きょうだいを全部亡くしたんだ。皆に会いたいだろ。なのに俺は見えるけど天音には見えねえ。すぐ側にいるってのに……。

それにむこうも天音のことが見えてない。お互いがすげえ会いてえのに会えねえんだ。

でも、俺もおとっつぁんもおっかさんも、歯がゆいけどどうしてやることもできない。

天音はまだ子どもだ。だから自分も死んで皆のところへ行きたいと思うかもしれねえ。天音が自害したらどうする？

いつもここまで考えると伊勢崎町の長屋へ行ってみようという気は萎《な》えてしまうのだ。

それに、天音の親きょうだいが幽霊になってるってことは、天音の今の境遇に不満があるからだとも解釈できる。

たとえば巴屋へ引き取ったことが気に入らないのかもしれない。伊勢崎町の隣町西《にし》平野町《ひらのちょう》に住む、天音の母お時の兄(つまり天音の伯父)の千太郎《せんたろう》に託したかったのだったら……。

ついつい悪いほうへと考えが沈んでしまう。天音がもっと落ち着いてからと自分に言い訳をして、避けている又十郎なのだった。

「幽霊になってたら、成仏させてあげないとかわいそうだもの」

ぽつりと天音が言った。

「そのとおりだね。天音は優しい子だよ」

お勝が笑顔を浮かべたが、平助は黙って酒を口に運んだ。

おそらくおとっつぁんも、天音が長屋を見に行くことが怖いんだと思う。さすがおっかさんは肝が据《す》わってら。

俺もおとっつぁんも情けねえな……。

「おっかさん、行ってもいい?」

「もちろんかまわないよ。いいだろ? お前さん」

「ああ」

「まあ坊、一緒に行ってくれる？」

「もちろん」

ああ、これが伊勢崎町へ行くのでなけりゃ、ほんとにすげえうれしいんだけどな……。

天音のほおがゆるむ。

「やっぱりご飯もっと食べる」

「しっかりお食べ。あら、おかずが全然ないじゃないか。めざしでも焼いてあげようね」

「俺の秋刀魚を食うがよい」

平助が皿を差し出す。

「おとっつぁん、秋刀魚大好物なんだから自分で食いな。俺が角の煮売り屋へひとっ走り行ってくらあ」

「梅干しで食べるからいい」

「遠慮するな。俺も酒のつまみがほしいんだから」

「ついでに明日の朝食べる煮豆も買ってきておくれ」

「ほいきた」

又十郎は下駄《げた》をつっかけ駆け出した。

2

次の日は、朝は冷え込んだが、よく晴れて気持ちの良い日和だった。又十郎と天音は深川へ向かってせっせと足を運んだ。

とにかく天音の気のすむようにしてやろうと又十郎は思い定めていた。きっとつらい目にあうだろうから、帰りにおいしいものでも食わせてやろう。

秋も深まって栗やきのこがうまい時期になったし、骨董飯《ごもくめし》を奮発しようかな。飯がのどを通らねえってな仕儀にはなりませんように……。

長屋へ着いたので、まずは大家にあいさつに行く。家を訪ねると、六十がらみの大家は天音を見るなりはらはらと涙をこぼした。

「しばらく見ぬ間に大きゅうなったのう、天音」

天音も泣きながらうなずく。又十郎はもらい泣きしそうになるのをこらえ、途中で買った饅頭の包みをわたした。

「巴屋又十郎にございます。その節はいろいろお世話になり、ありがとうございました。今日は天音が以前住んでいた部屋を見たいと申しますのでお願いにあがりました次第です」

「お前さんも立派になったもんだな」

大家とは初対面のはずだったので、又十郎は面食らった。目もとを指でぬぐった大家がにやりと笑う。

「わしが丹精込めて育てていた盆栽の鉢を割って、おっかさんにひどく叱られて泣いたこと覚えておらんか？」

突然記憶がよみがえり、思わず「あっ！」と又十郎は声をあげた。十年以上も前のことだ。

お勝に連れられて遊びに来た又十郎は、天音の姉たちや長屋の子どもたちと鬼ごっこをしているうちに、盆栽の鉢を棚から落として割ってしまったのだ。

「あのときは大変ご迷惑をおかけし、申し訳ございませんでした」

「いやいや、童《わらべ》は元気が一番」

米つきバッタのようにぺこぺこ頭を下げてあやまっている又十郎の姿を見て、天音がくすくす笑う。

ひゃあ、とんだ恥っさらしだぜ。又十郎は幼い日の己を呪《のろ》った。

「天音が住んでいた家は、今、もう他の者が住んでおる。独り者の板前でな。ちょうどつとめに出ておるからちょっとのぞかせてもらうといい」

「留守中にかまわねえんでしょうか」

「わしが立ち会えば問題ない」

「ありがとうございます」

長屋の入り口へ来たとたん、井戸端にいた女房たちがわっと天音を取り囲んだ。

「まあ、天音ちゃん一段と別嬪《べっぴん》さんになって」

「背も伸びたねえ」

「元気そうでよかった」

女たちのひとりが天音をぎゅっと抱きしめて涙をこぼすと、他の者も泣き出してしまった。

大家さんも長屋の人たちもいい人ばかりだ。きっと皆、生まれた時から天音を慈しんでくれたんだな……。

ここでの平穏で楽しい暮らしが、あの冬の日、突然失われてしまった。天音を襲ったあまりに悲しい出来事に、又十郎は暗澹《あんたん》たる気持ちになる。

今さらながら天音が負った心の傷の深さを思う。いつか癒《い》える日がくるのだろうか……。

ここまで考えたところで、又十郎は心の中で「あっ！」と叫んだ。幽霊に遭遇するときのあの嫌な気持ちがわき起こっていないのだ。

ひょっとして幽霊はいないのか？　いや、ちょっと待てよ。知り合いの幽霊だから嫌な気持ちがしないのかもしれねえ。

うん、きっとそうだ。だって心残りがないなんてありえねえもの。

「ちょっと中を見させてもらうよ」

誰もいない家の中に声をかけ、大家が入り口の戸を開けた。そのまま大家は中へ入り、上り口の障子も開けた。

又十郎と天音は上り口のところから中をうかがった。狭い長屋のことゆえ、奥のほうまでよく見える。

板前という仕事柄だろう、家の中はきちんと片付いていた。夜具もたたんで隅に置かれている。

「……誰もいねえ」

思わず又十郎はつぶやいた。

「そりゃあそうさ。仕事に出てるんだもの。誰かいたらそいつは盗人《ぬすっと》だよ」

「ですよねえ。変なこと言っちまってすみません。ははは」

又十郎は笑ってごまかした。いないのはもちろん幽霊のことだった。ほんとうに誰もいない。

いったいどうしたことだろう。首をひねっていると、天音がそっと又十郎のそでを引いた。

天音と目が合ったので、小さくかぶりを振る。天音が「えっ」とつぶやきながら大きく目を見開いた。

そりゃあ驚くよな。俺だってびっくりだ。なんでいないんだろう。

長屋を辞した又十郎と天音は隣町である西平野町へと向かった。天音の伯父千太郎の家を訪ね、天音が元気で暮らしていることを知らせるつもりなのである。

「おっかさんや皆の幽霊、いなかったんだね」

「うん。もしかしたら、最初は幽霊になってたけど、天音がうちで元気に暮らしてるから成仏したんじゃねえか？」

「そっか……」

亡くなった天音の母お時には兄がふたりいた。長兄が千太郎で、仕事は父親と同じ左官《さかん》である。

ちなみに次兄は上方《かみがた》にいるとのことだ。天音の父は千太郎の弟弟子だったのが縁でお時と夫婦になったが身寄りがいない人だったので、江戸にいる天音の肉親は千太郎一家だけということになる。

本来ならば千太郎が天音を引き取るのが筋なのだが、女房のお条《くめ》との間には七人もの子がいた。また、天音の父親と同じ左官を生業《なりわい》としているため、なにかにつけて天音が元の暮らしを思い出して、つらい思いをするのではないかと危惧《きぐ》もされた。

そこでお勝が名乗りを上げ、巴屋へひきとることにしたのである。

さっき大家に聞いた話では、天音一家の家財道具一式は、千太郎が近所の損料屋に返したり売ったりして始末してくれたらしい。そうしなければ、大家が次の店子に家を貸すことができないからだ。

住み慣れたわが家にはすでに見知らぬ人が住み、中の様子もすっかり変わってしまっている。天音はどう思っただろう。

さぞかし寂しかったに違いない……。

ところが千太郎の住む長屋へ足を踏み入れたとたん、例の嫌な気持ちが這《は》い上がってきて、又十郎は愕然とした。

いや、落ち着け。なにも千太郎さんの家に幽霊がいるとは限らない。きっとよその家だ……。

だが、千太郎の住まいだと教えられたまさにその家の戸口から、黒い霧がわき出ていた。そして嫌な気持ちがますます強くなる。

「ごめんください」

「どうぞ」

又十郎は大きく息を吸い、できるだけ心を落ち着かせてから戸を開けた。幸い、黒い霧は中が見えないほどではなかった。

「天音！　元気にしてたか！」

千太郎らしき男が出て来て天音の頭をなでた。背が高くてがっちりしている。目が大きくて眉毛が濃かった。

今日は天気も良いのでてっきり千太郎は左官の仕事に出ているものだと思い込んでいた又十郎は少し驚いた。気を取り直してあいさつをし、饅頭の包みを差し出したとたん、外から入って来た小さな子がかっさらっていった。

子どもは五つくらいの男の子で、そのまま家の中へ駆け上がると、包みを開けて饅頭をむしゃむしゃ食べ始めた。

側に座っている母親のお条はなにも言わない。又十郎は子どもの行儀の悪さにびっくりした。

幼いころの又十郎がこんなことをしでかしたら、間違いなくお勝に大目玉を食らうところだ。

そのとき、急に霧が晴れ、又十郎は行儀の悪い子どものことなどいっぺんでどうでもよくなってしまった。

家の奥の壁際に幽霊がいたのだ。なんと天音の親きょうだいだった。

五人全員が入り口のほうへ向いて座っている。しかも憤怒《ふんぬ》の形相《ぎょうそう》で……。

ここにいたのか……。顔見知りなのに、天音の親きょうだいなのに、やっぱり怖い……。

又十郎は両ひざを土間についた。

「おう、どうした？　大丈夫か？」

「あ、はい。ちょっとめまいがしただけです」

「上がって休んでいけ」

「ちょっとお前さん、勝手なこと言っちゃ困るよ」

お条が顔をしかめている。目が小さくてくちびるが薄い。太っている上にだらしなく見えた。

「だってお前。せっかく天音が来たってえのに」

「顔を見たら十分だろ」

「昼飯くらい一緒に食いたいよな」

お条の眉が勢いよくつりあがったので、又十郎はあわてて言った。

「ありがとうございます。でも、まだすまさなきゃならない用がありますので」

帰り道、天音がぽつりと言った。

「あたし、お条おばさん嫌い」

「だろうな……。俺も苦手だ。でも、伯父さんはいい人そうだ」

天音がこくりとうなずく。

「腹減ったな。骨董飯でも食って帰ろうぜ。栗ときのこと鮭《さけ》が入ってるやつ」

天音が笑顔になる。千太郎のところに幽霊になった親きょうだいがいるってこと、しばらく天音には伏せておこう。

それにしても、どうして皆怒ってたんだろうな……。

3

天音の前の住まいを訪ねた次の日、又十郎は再び深川へ出かけた。天音にはないしょである。

平助とお勝にも、ちょっと調べたいことがあるとだけ言って出てきた。ちなみに幽霊がいたことは知らせてある。

行き先は、千太郎が天音一家の家財を処分した損料屋である。天音の長屋の近所にあるその店は天狗堂《てんぐどう》といった。藍地ののれんには天狗の面が白く染め抜かれている。

幸い客は誰もいなかった。主は五十過ぎくらいのやせぎすの男だ。

「手前は両国の損料屋の巴屋又十郎と申します。少々おうかがいしたいことがあるのです。私どもでは親きょうだいを落雷で亡くした十《とお》になる女の子を引き取りまして。その子の伯父にあたる西平野町に住む左官の千太郎という者がこちらで妹の家《うち》の家財を処分したそうなのですが」

「ええ、よく覚えていますよ。あれは気の毒だった。私にもおなじ年ごろの孫がいるもんで、女の子の行く末を案じていたんですが。巴屋さんに引き取られたんですね。よかった……」

「妹のことをご心配くださってありがとうございます」

又十郎は丁寧に頭を下げた。

「うちでお貸ししていた品を返していただき、その他の家財も全部引き取らせていただきましたが、どうかなさいましたか」

「申し訳ございませんが、その覚書を見せていただけませんでしょうか」

「はい、承知いたしました」

又十郎は店の上り口の隅のほうに腰をかけ、覚書を調べた。天狗堂が引き取った品の値から損料を差し引いて、三両もの金を千太郎は受け取っていた。

「どの品もずいぶん高く買い取っていただいているようですが」

「ええ。まあ、香典替わりです。五人もの弔《とむら》いを上げなくてはいけなかったんで葬式代がうんとかかったとおっしゃっていたもので」

ああ、やっぱり……。又十郎はくちびるをかみしめた。

「どうかなさいましたか」

「まことに心苦しいのですが、弔いに金はかかっていないのです」

「ええっ！」

「妹一家は墓参りの帰りに落雷にあいましたので、菩提寺《ぼだいじ》がたいそう気の毒がってただで葬式を上げてくれました」

「……なんと」

「ですから千太郎がうそをついたということになります。申し訳ございません」

「なにも巴屋さんがあやまることはない。だまされた私が悪いのです」

「天狗堂さんの優しいお気持ちを踏みにじったのですから、許されることではない。今まで知らなかったのも、私どもの不徳のいたすところです。重ねてお詫び申し上げます」

「いえいえ、それには及びませんよ。悪いのは千太郎さんなんですから」

又十郎は天狗堂の主に仔細を打ち明けようと決心した。

「実は私は、家に憑いた幽霊が見えるのです」

「……あっ！　思い出しました！　読売に書いてあった。見える兄と聞こえる妹。ということは……」

「引き取った女の子が、物に宿った人の思いが聞こえるのです。その妹が一昨日《おととい》突然、元の住まいを見に行きたいと申しました。親きょうだいが幽霊になって家に憑いていたらかわいそうだから成仏させてあげたいと」

「なるほど」

「住んでいた長屋に幽霊はいませんでした。でも、代わりと言ってはなんですが、千太郎の家に憑いておりました。それも五人とも憤怒の形相で」

主が「ひっ」と声をあげる。

「千太郎の家の幽霊のことは、妹にはまだ話しておりません。幽霊がなぜ千太郎に怒っているのか調べようと思いまして。まずはこちらにうかがった次第です。千太郎が受け取った三両の金は、葬式がただだったのですから、妹にわたすのが道理です。でも」

「妹さんはびた一文受け取ってはいないと」

又十郎はうなずいた。

「いやね。実は覚書の中に、妹さんのおっかさんの簪や櫛まであるでしょう。妹さんが形見としてもっておきたいんじゃないかって千太郎さんに言ったんです。千太郎さんも一旦は納得して持って帰ったんですが、すぐにまたやってきて、『母親のことを思い出してかえってつらいだろうから全部売っ払ってきなって女房に言われた』って。で、まあ、引き取ったんですが。なんだかちょっとおかしいなあって」

頭の中にお粂の顔が浮かんで、又十郎は思わずこぶしをにぎった。

「あと、花見だ花火見物だって、ちょくちょくうちで一家九人分の着物を借りるようになったんですよ。これまでそんなこと一度もなかったのに。花火見物なんざあ子どもたちが舟に乗るんだってはしゃいでて」

舟で花火見物をするには相当の金がかかる。又十郎は、昨日雨も降っていないのに千太郎が仕事にいかず家にいたことを思い出した。

もしかして、もっとたくさんの金をねこばばしてるんじゃねえか。だって皆、あんなに怒って千太郎の家に座ってるんだもの。

「こりゃあひょっとすると、取り込んだのは三両だけじゃないのかもしれませんねえ」

主の言葉に、又十郎は大きくうなずいた。


さらに次の日の夜、酒の入った徳利《とっくり》と、煮売り屋で買ったがんもどきの煮つけを持って、又十郎は佐吉の長屋を訪ねた。

「このたびもお世話になりましてありがとうございました」

正座をして頭を下げる又十郎に、佐吉がくしゃりと笑う。

「商売のついでだったから手間もなにもかかってねえのに、酒と肴なんかもらっちまって悪いな」

「いいえ。俺もお相伴《しょうばん》にあずかりますから」

又十郎と佐吉はがんもどきをつまみに酒を飲み始めた。

「このがんもどきうめえ。角の煮売り屋のか？」

「はい」

「あの店、けっこういい味してるよな。それに安いし。俺みたいな独り者にはありがてえ」

「店が忙しいときはうちもよく買ってます。手間いらずだし、作るより安くすむらしいです。俺は毎日煮売り屋のおかずでもかまわないんですけど、天音に料理を教えなきゃなんねえからそうもいかないってことみたいです」

「へえ。なるほどな。それはそうと、その天音ちゃんの伯父の千太郎だけど、やっぱりかなりあやしいぜ」

又十郎は昨日、千太郎一家の評判を調べてくれるよう佐吉に頼んだ。背負《しょ》い小間物屋を生業としている佐吉は、あの界隈《かいわい》にもお得意さんがいるそうで、快く引き受けてくれたのだった。

「暮らしが派手になったって、近所でももっぱらのうわさになってるみてえだ。まあもともとあの嫁のお条って女は、意地が悪い上にケチだってんで嫌ってる者が多かったらしいから、やっかみもあるんだろうけどな」

「千太郎の働きぶりについてはどうでしょう」

「あ、それもお前の思ったとおり、よく休んでるってさ。あと、千太郎の一番上のせがれが左官の修業をしてるんだが、そいつが近ごろ吉原でよく遊んでるってえ話だ」

やっぱり……。又十郎は酒を口に含んだが、いつもより辛く感じられる。

「なあ、天音ちゃんのおとっつぁんも左官だったたんだろ」

又十郎はうなずいた。

「けっこう稼いでたろうになあ」

「ええ。あと、おっかさんのお時さんと二番目の娘が縫物の賃仕事をしてて、一番上の娘が奉公に出てたので」

天音のすぐ上の姉も奉公先が決まり、それを報告するための墓参りをし、帰りに落雷にみまわれたと聞いている。

「俺みたいな極楽とんぼでも、ちったあ蓄えはあるぜ」

「うちもまさかのときのための金はいちおうあります」

「だよな……」

沈黙が流れる。又十郎はがんもどきをほおばった。

がんもどきの中には人参、ささがきごぼう、銀杏《ぎんなん》、しいたけ、麻の実、ごまが入っているようだ。口の中にあふれる汁がまたうまい。

「なあ、又十郎。この件は伝兵衛様に相談するのはやめておけ」

「はい」

「もし千太郎とお粂が十両以上ねこばばしてたら死罪になっちまう。伝兵衛様が隠せば今度は伝兵衛様が罪に問われる」

「わかりました」

千太郎とお粂が天音の家の蓄えをねこばばしたのだったら、幽霊たちが怒っていたのも理解できる。

このことを天音が聞いたら悲しむだろう。又十郎は今から気が重かった。

次の日の夕餉のあと、平助とお勝がいる前で、肚を決めた又十郎は天音に話を切り出した。

「俺は天音にうそをついてたことがある。ごめんな。ちゃんと調べてから話そうと思ったんだ」

又十郎は麦湯をひと口飲んだ。こういうときは酒を飲んで口をなめらかにするもんなんじゃねえだろうか。頭の片隅でちらりと考える。

「実は、天音のおっかさんと皆の幽霊はいたんだ」

「えっ！」

天音がその大きな目を見開く。

「いたのは千太郎さんの長屋。奥の壁に五人並んで座って、しかもかんかんに怒ってた」

又十郎は幽霊たちの絵姿を懐から取り出し天音にわたした。天音が食い入るように見つめている。

やがて天音は顔を上げた。

「どうして？　どうして皆怒ってるの？」

「千太郎さんとお条さんが天音ん家《ち》の金をねこばばしたかもしれねえんだ」

「お金？」

「はっきりわかっているのは、天音の家の家財を処分したときに損料屋で受け取った三両。この金はほんとうなら天音がもらうべきものだ。それを千太郎さんとお条さんは黙って自分たちのものにしちまった」

天音がくちびるをかみしめる。そっとお勝が天音の頭をなでた。

「佐吉さんが調べてくれたんだけど、千太郎さん一家の暮らしぶりがずいぶん派手になっていて、近所でも評判らしい。千太郎さんとお粂さんは三両の他に、天音ん家からもっと大金を手に入れたんじゃないかと、俺もおとっつぁんもおっかさんも思ってる。証はないけど、そう考えると辻褄《つじつま》が合う」

「ひどい……」

天音の目に涙が盛り上がる。かわいそうに……。又十郎は胸が痛んだ。

「これは天音にしかわからない大事なことだ。損料屋の天狗堂さんで、千太郎さんが処分した家財の覚書を写させてもらった。家にあったのにここに書かれてない物があるかどうか検分してくれ」

又十郎から受け取った天狗堂の覚書の写しに、天音がゆっくりと爪で印をつけていく。

家にあった物の横に爪で跡をつけてるのか。へえ、うまいやり方だな。天音はやっぱり頭がいいや。こんなときなのに又十郎はちょっとうれしくなった。

やがて天音が顔を上げた。

「おっかさんの鏡台がない」

「そういえば、お時ちゃんの鏡台はたしか特別にあつらえたもんだったんだよ。上等だからってお粂さんが使ってるんだろうね。ああ、嫌だ。……あっ」

お勝が突然声をあげたので、又十郎たちは顔を見合わせた。

「天音。鏡台の一番下の引き出しに、鍵穴がついてなかったかい？」

「あった。いつも鍵がかかってた。あたしたちが開けてみてって頼んでも、おっかさんは開けてくれなかった」

「ちょっと待ってて」

お勝が部屋の隅に置いてある自分の鏡台の前に座った。引き出しを開けて何かを探しているようだ。

「あった！」

お勝は皆に小さな鍵を見せた。

「ずっと前、お時ちゃんに預かってって言われたんだよ。これ、鏡台の引き出しの鍵じゃないかねえ」

又十郎は天音の目をまっすぐ見て言った。

「天音、あとはお前が決めな。いったいどうしたいかよく考えろ」

「おじさん家に行っておっかさんの鏡台を取り返す。あと、ほんとうのことを聞きたい」

「嫌な思いをいっぱいしなきゃなんねえけどいいのか？」

「うん。おっかさんや皆を成仏させてあげたい」

「よし、わかった。じゃあ明日行こう」

「あたしも一緒に行くよ。あの夫婦に言ってやりたいことがあるんだ」

4

次の日、又十郎と天音、お勝は朝早く家を出た。昼餉を食べに手習いから戻ってくるであろう千太郎の子どもらと、鉢合わせをするのは避けたかったからだ。目の前で親の悪事を暴かれては子らがかわいそうだと慮ってのことである。この日もよく晴れていたが、案の定千太郎は仕事を休んで家でごろごろしていた。

この間饅頭をかっさらっていった幼い男の子は幸い見当たらなかった。友だちのところへでも遊びに出かけたのかもしれない。

千太郎とお条の向かいに、天音を真ん中にはさんで又十郎とお勝は座った。

「突然大勢で押しかけてきて、いったいどういう料簡なんだろうね」

聞こえよがしに文句を言うお条に、又十郎は頭を下げた。

「お忙しいところご迷惑をおかけし申し訳ございません。用がすみましたらすぐに帰りますので」

「用ってのはなんだい？」

千太郎に問われ、天音が答える。

「おっかさんの鏡台を返してください」

「ど、どうしてそれを……」

あわてる千太郎に、又十郎はこともなげに告げた。

「天狗堂へ行って、千太郎さんが処分した天音の家の家財の覚書を見せてもらったんです。天音がおっかさんの鏡台がないと言うものですから、持って帰られたのだろうと思いまして」

「いや、あれは……」

難色を示す千太郎にお粂が顔をしかめる。

「いいじゃないか、お前さん。返しておやりよ」

「持って帰るの大変だろ。あとで俺が届けてやる」

又十郎は苦笑した。

「別に天音が抱えて帰るわけじゃありませんので。ご心配くださらなくてけっこうです」

「お前さん、なにをごちゃごちゃ言ってるのさ」

しびれを切らしたらしいお条が立って行って鏡台の中に入れていた自分の化粧道具を出し、空になった鏡台を持ってきて天音の前に置いた。

「さあ、これでいいんだろ。さっさと帰っておくれ」

「……お条おばさん」

「まだ文句があるのかい？　天音」

「簪も返してください」

「えっ」と言いながらお条が髪に手をやる。

「それ、和音《かずね》姉ちゃんの簪です」

和音というのは天音の一番上の姉で、日本橋《にほんばし》の料理屋で奉公していたはずだ。その和音の簪を、どうやらお条が取り込んでいたらしい。

お条を促すかのように、天音が右手を差し出した。さらに又十郎とお勝にきつくにらみつけられ、お条はしぶしぶといった体で簪を髪から抜き、天音の小さな手のひらにのせた。

簪は、透かし彫りで南天《なんてん》をあしらった銀の平打ち簪だった。南天の赤い実は小さな珊瑚玉でできている。

ひと目で上物とわかる簪だった。おそらくお時が和音の嫁ぐ日のために買い求めた物だろう。

まったく、油断も隙《すき》もあったもんじゃない。又十郎は顔をしかめた。

天音は簪を自分の髪に挿し、懐かしそうな表情で鏡台に触れた。

鏡台は黒檀《こくたん》でできていた。正面に大輪の牡丹の花が精緻《せいち》に彫られ、赤く彩色《さいしき》されている。

こんな上等の鏡台を黙って自分の物にしておいて、その態度はねえだろう。出るとこへ出りゃあ、これだけでもふたりとも立派な盗人なんだからな。

鏡台をそっとなでていた天音の手が止まる。

「一番下の引き出しから、おっかさんの声がする」

千太郎とお糸がぎょっとした表情になる。お糸が吐き捨てるように言った。

「この子、頭がおかしいんじゃないのかい」

「天音は物に宿った人の思いが聞こえるんです。ついでですが、俺は家に憑いた幽霊が見えます。なにか不都合でもおありですか？」

絶句しているお糸の横で、みるみる千太郎の顔が青ざめる。

「天音、この鍵で開けてみな」

お勝が懐からお時に預かっていた鍵を出し、天音にわたした。千太郎とお粂が目を見開く。

お勝は涼しい顔だ。

「ずっと前に、お時ちゃんから預かってたんですよ」

果たして鍵はぴたりと鍵穴にはまり、回った。天音が引き出しを開ける。

引き出しの中には、紙包みと折りたたまれた紙が入っていた。天音が紙包みを胸に抱く。

「やっぱりおっかさんの声がする。『幸せになるんだよ』って」

紙包みの中には一両小判が五枚入っていた。折りたたまれた紙には文字が書かれている。

「天音、おとっつぁんとおっかさんの子に生まれてくれてありがとう。幸せになっておくれ」

読み上げた天音の目から涙がぽろぽろとこぼれ落ちる。お勝が目もとを指でぬぐい、又十郎は天井を見上げた。

たまらなくなったのだろう。お勝に背中をなでられていた天音が畳に突っ伏して泣き出した。

五両の金は、おそらく天音が嫁ぐときに持たせようと、両親が貯めたものと思われる。天音の行く末を案じるふたりの深い思いに又十郎は心を打たれた……。

それと同時に、又十郎の胸にふつふつと怒りがわく。お時夫妻は、天音の姉たちにも同じように金を蓄え、鏡台の引き出しに入れていたに違いないのだ。

姉たちの歳は上から順に十六、十四、十二。十になる天音が五両ということは、生まれてから毎年二分ずつ貯めていたとして、姉たちの分は八両、七両、六両か。しめて二十一両。

加えて、お時がまさかのときのための金も用意していたことは想像に難くない。合わせればかなりの額だろう。

それらをすべて千太郎とお粂がねこばば……いいや、盗んだのだ。なんてふてえやつらだ。

家の中へ大金を置いておけば、盗まれる可能性がある。どこかへ隠さなければならないはずだ。

手っ取り早くて確実なのは……そう、おそらく床下だ。

ちらりと千太郎たちを見やると、お粂がものすごい形相で千太郎をにらみつけている。千太郎はお粂の視線を避けるようにうつむいてしまっていた。

ああ、そうか。又十郎は腑に落ちた。おそらく千太郎は金を隠す際、お条にないしょで天音の分だけ鏡台の引き出しへ戻したのではないだろうか。

罪滅ぼしのつもりか？　それともさすがに罰が当たると思ったのか？　この悪党め……。

又十郎は勢いよく立ち上がった。

「床下を探させてもらいます」

又十郎の言葉に、お条が血相を変えてわめいた。

「なんだって！　そんな勝手なことさせはしないよ！」

やっぱり床下は図星だったのだと、又十郎は確信した。

「お時さん夫婦が娘たちのために貯めていた金を床下に隠しましたね。あと、まさかのときのために用意していた金も」

「言いがかりをつけるのもたいがいにおし！　ちょっと！　お前さんもなにか言っとくれ！」

千太郎はそでをまくり上げてすごんだ。

「おうおう、床下を探すだと？　なにも出てこなかったらどう落とし前をつけようってんだい」

又十郎はにやりと笑った。

「そのときは番屋へでもどこでも突き出してください」

「甘っちょろいことを言ってやがるぜ。腕の一本くらいへし折らねえと俺は気が済まねえからな」

土間へおりた千太郎が、心張棒《しんばりぼう》でどんっと地面を突くと家がゆれた。

「承知しました」

千太郎め。なんとでも言いやがれ。大口をたたけるのも今のうちだ。あとで吠え面かくなよ。

畳を上げた又十郎は、土間の隅の壁に立てかけてあった鍬《くわ》を持ち、床下をながめた。金を埋めるために掘り返せば、必ずなにか跡が残るはずだ。

だが、思わず又十郎は「あっ」と声をあげた。床下の土がきれいにならされてしまっているのだ。

千太郎のしわざに違いない。左官の仕事で使っている鏝《こて》を用いたのだろう。

だからあんなに余裕があったんだ。しまった……。

又十郎は歯ぎしりをした。腕組みをして座っている千太郎が「ふん」と鼻を鳴らした。

そっちがその気なら、こっちは全部掘り返してやる。どこかに埋めたのはまちがいないんだから。

どのくらいの深さまで掘ればいいだろう？　それを間違えたら絶対にうまくいかねえぞ。

「さっさと掘りやがれ、もたもたすんな」

うるさい。それぐらいわかってるさ。うーん……。

よしっ！　掘るぞ！

まずはすぐ近くの地面を一尺半ほど掘った。なにもでてこない。

そのまま又十郎は右方向に掘り進める。

くそっ！　今はいいけど、そのうち掘り出した土の置き場がなくなるぞ。

でも土を穴に戻しちまったら、そこをもっと深く掘らなきゃならなくなったときに困る。

畜生！　これじゃきりがねえ……。

あせる又十郎のひたいから汗がしたたり落ちる。又十郎は顔を上げ、腕で汗をぬぐった。

手を止めたとたん、不安が胸の中でふくれ上がる。又十郎はがむしゃらに掘り進めた。

そのとき天音が、突然床下に飛び降りた。土にはいつくばり、右耳をつける。

又十郎はあわてててたずねた。

「天音、なにしてるんだ？　泥だらけになっちまうぞ」

「おっかさんの声を探してるの」

「天音……ありがとう」

お時が天音の姉たちのために貯めた小判からは、きっと声がする。しかし、土に埋められた小判の声が天音の耳に届くのだろうか。

天音が手と顔を泥まみれにしながら一生懸命お時の声を探しているのを見て、又十郎は泣きそうになった。

ずいぶん時がたったが、まだ天音は探している。やはり、深過ぎて聞こえないのだろう。

もっと策を練って慎重にするべきだった。自分のせいで天音を酷《むご》い目に合わせてしまったことを、又十郎は深く悔いた。

もうやめさせなければ、天音がかわいそうだ。

又十郎が声をかけようとした瞬間、泥で汚れた顔を上げて、天音が叫んだ。

「おっかさんの声がする！　『幸せになるんだよ』って！」

思わず又十郎はひざをつき、天音を抱きしめた。

「ありがとう！　天音！　でかしたぞ！」

「ここ」と言いながら天音が指をさす。又十郎は夢中で床下の土を掘った。

しばらくするとかつんという音がして、鍬の先がなにかにぶつかった。手で掘り進めると壺が出てきた。

ふたを開けると、中に小判が入っているのが見える。

「天音、おっかさんの声がするのはこれか」

天音が大きくうなずく。

畳を元に戻した又十郎は、井戸端で天音が顔や手足を洗うのを手伝ってやった。又十郎と天音が戻ると、お勝が畳の上に小判を並べていた。

その数二十八枚……。

又十郎は正座をし、背筋を伸ばした。

「お時さんの声が聞こえるこの金がどうして床下に埋まっていたのか、訳をお聞かせいただきましょうか」

千太郎とお粂がふてくされてそっぽを向く。

「そうそう、言い忘れていましたが……」

又十郎は奥の壁を指差した。

「ここに幽霊がいます」

「ひぇえ！」と悲鳴を上げる千太郎とお条に、又十郎は冷たい微笑を浮かべた。

「全部で五人、こちらを向いて座ってるんですが、誰だかわかりますよね。皆、かんかんに怒ってますよ」

「すまねえ！　俺が悪かった！　許してくれ！」

千太郎が土下座をした。

「俺もお時から鍵を預かってたんだ。なんの鍵か知らなかったけど。お時たちが死んだあと長屋を片づけに行って、お条が鏡台の引き出しの鍵じゃねえかって。引き出しを開けたら大金《へえ》が入ってたもんで持って帰っちまった」

「天音の姉さんたちへの文《ふみ》も入ってたんじゃありませんか」

又十郎に問われて千太郎はしぼり出すような声で言った。

「あった。……けど、燃やしちまった。天音の分の金と文はお条に見つからねえように元へ戻した。いつか天音が嫁に行くときにわたそうと思って……」

「お前さんがそういう中途半端なことするからばれちまったんだよ！」

お条が千太郎の頭をたたいた。

「なにをしやがる！」

「なんだい！　自分だって金を見つけて大喜びだったじゃないか。お時たちが死んでくれてよかったとまで言ったくせに」

「お前こそ、死人に口なしとはうまいこと言ったもんだって、大口開けて笑っただろうが」

「あたしゃお時たちとは赤の他人だけど、お前さんは、ちゃんと血がつながってるんだよ」

「うるせえ！」

千太郎がお条のほおをたたく。怒ったお条が千太郎につかみかかった。

「いいかげんにおし！」

お勝が大声で怒鳴った。千太郎とお条の動きが止まる。

「この期《ご》に及んで責任のなすりあいかい。あさましいったらありゃしない」

お条がわめく。

「ふん、知ったような口をきくんじゃないよ。この金の中には、お時の親たちがお時の嫁入りのときに持たせた金だって入ってる。よぼよぼになったお時のふた親の世話をしたのはあたしらなんだ。それにお時や子どもたちの面倒だってよくみてやってたんだからね。この金をもらって当然なんだよっ！」

「馬鹿も休み休み言いなっ！　聞いてあきれるよ。お時ちゃんのおとっつぁんとおっかさんの世話をしてちゃんと見送ったのはお時ちゃん夫婦じゃないか。あんたたちは子だくさんを理由に一切手を貸さなかっただろ。耄碌《もうろく》して忘れちまったのかい。まだ子どもたちが小さかったからお時ちゃんも大変だったのに。それとお時ちゃんたちの面倒をみただって？　はあ？　どの口が言うんだろうね。頼ってたのはあんたたちのほうだ。子どもを預けるなんてのは序の口で、しょっちゅう金の無心をしてたそうだね。用立てても返してくれたことがないって、あのお時ちゃんがこぼしてたくらいだからよっぽどだったんだろう。要するにあんたの言い分はまったくでたらめだってことだよ。この金はお時ちゃん夫婦のもの。ふたりが亡くなっちまった今は全部この天音のものだ」

「冗談じゃないよ！　金はびた一文わたすもんか！」

息まくお粂を、お勝は鼻で笑った。

「そうかい。よっくわかったよ。そっちがそういう料簡ならあたしにも考えがある。千太郎とお粂が、親が天音に遺した金を盗みましたとお上に訴えてやる。十両盗めば死罪ってことを承知でやったんだろ。覚悟はできてるよね」

「ふん、そんな訴え通るもんか。そもそも金がいくらあったかなんて誰にもわかりゃしないんだから」

「馬鹿だねえ。花見のときの着物の損料、花火見物にしたてた屋形船の代金、馬鹿息子が吉原で散財した金。使った金を調べて全部足しゃあすむことさ」

千太郎とお条が真っ青になった。

「ち、ちょっと待ってくれ。まさか血を分けた伯父を獄門台に送ったりしねえよな、天音」

猫なで声を出す千太郎を天音がにらみつける。

「こんな人、おじさんなんかじゃない！」

「あ、天音……」

「お時ちゃんのお金、まだ持ってるのがあるだろう。さっさとお出し」

お勝にどすのきいた声で言われて、千太郎が急いで仕事の道具箱から三両を持って来た。

「あんたもだよ」

お勝がお条にあごをしゃくる。お条はしぶしぶふところの自分の財布から二両を取り出した。

「ほんとにずうずうしいったらありゃしない」

金を鏡台の引き出しに納めたお勝が鍵をかける。又十郎は風呂敷で丁寧に鏡台を包んだ。

お勝が背筋を伸ばし、千太郎とお条をぐっとにらんだ。

「あんたたちのようなろくでなしでも、死罪になっちゃ天音もあたしたちも寝覚めが悪いから、訴え出るのはやめにするよ。その代わり、今日を限りに金輪際縁を切らせてもらう。あんたたちが使った金は手切れ金としてくれてやるんだから文句はないだろ」

戸口のところで振り返ったお勝が、へたり込んでいるふたりに声をかけた。

「あたしたちはこれで気が済んだけど、お時ちゃんたちはどうなんだろうね。まあ、せいぜいとり殺されないように気をつけるこった」

千太郎とお条の悲鳴を聞きながら又十郎たちは家を出た。

しばらく歩いて又十郎は言った。

「おっかさんが縁を切るって言い渡したとき、ふっと気配が消えたから見てみたら、お時さんたち皆いなくなってた」

「そうかい……」

やっぱりおっかさんにはかなわねえ。俺だってけっこう頑張ったつもりだったけどさ。

おっかさんがいなけりゃこううまくはいかなかっただろう。それにしても、すごい迫力だったよな。

なんか俺、幽霊より怖いものを見ちまったのかもしれねえ……。

天音が急に立ち止まった。顔が涙だらけになっている。

驚いた又十郎とお勝は地面にひざをついた。

「どうしたんだい？　天音」

お勝が心配そうに天音の顔をのぞき込む。しゃくりあげながら天音が言った。

「皆……ほ、ほんとうに……死んじゃっ……たんだね」

お勝が天音を抱きしめる。

「そうだよ。とても残念で悲しいけどそうなんだよ」

ああ、もしかして天音は今まで親きょうだいが死んだ自覚がなかったんだろうか。

だって落雷の前後の記憶はなくしちまってるし、葬式にも出られなかったし。

天音が親きょうだいの話を全然しなかったのは、どこか別の場所で皆が生きてる気がしてたからじゃねえのか。きっといつか帰って来るって。

つれえな、つれえよな、天音……。

又十郎は天音に背を向けてしゃがんだ。

「おい、天音。おぶされ。疲れただろ」

もじもじしている天音の肩をお勝が押す。

「遠慮なんかしなくてもいいんだよ。無駄に大きい又十郎が役に立つのはこれくらいなんだから」

おぶさってきた天音の体は小さくて軽かった。こんなにちっちぇえのによく頑張ったな。

鼻の奥がつんとする。

「天音がうらやましい。又十郎、あたしも疲れた」

「おっかさんは無理。やめてくれ、つぶれちまう」

天音が小さな声で言った。

「おっかさん、ありがとう」

お勝がにっこり笑って天音の頭をなでる。

「どういたしまして。『ありがとう』って言ってくれてうれしいよ、天音」

今度は又十郎の耳元で天音がささやいた。

「あ……」

「え？　天音。今、なんて言ったんだ。どっか痛いのか？」

「ありがとう……あんちゃん」

余話　天音のないしょごと

1

　手習いが終わってから皆でおしゃべりをしていたので少し遅くなってしまった。あたりはいつの間にか薄墨《うすずみ》色の夕暮れがひそひそとしのびよって来ている。

　お師匠様に習ったとおり、秋の日はつるべ落とし……。

「じゃあ、また明日」

　お清とあいさつを交わし、天音は巴屋ののれんをくぐった。店の帳場に座っている又十郎が顔を上げる。

「おう、お帰り」

「ただいま、あんちゃん」

とたんに又十郎がでれでれとしまりのない笑顔になった。奥から出てきたお勝があきれたように言う。

「また、砂糖をまぶした饅頭みたいに甘々の顔になっちまって。天音に『あんちゃん』って呼ばれるのがそんなにうれしいのかい？」

「うん、うれしい。天にも昇る心地ってこういうことなんだろうなって。やっぱり『兄貴』になるってのはたまんねえぜ」

「ほんに救いようがないね。天音、馬鹿はほうっておいて、焼き芋があるからおあがり」

「うん、ありがとう」

なかなか言えなかったのがうそみたいに、『あんちゃん』も『ありがとう』も言えるようになった。巴屋での暮らしに慣れたからだろうか。

もしかしたら、おっかさんと皆の幽霊が成仏したときに、天音の心の中に刺さっていたとげのようなものを抜いていってくれたのかもしれない。もうあたしたちはいなくなっちまったんだから、ちゃんと巴屋の子になりなさいって……。

言えるようになってほんとうによかったと、心底天音はほっとしていた。

だけど、あんちゃんがこんなに喜ぶのなら、もっと早く『あんちゃん』って呼んであげればよかったな。天音の胸がちくりと痛む。

前からあんちゃんは優しかったけれど、自分があんちゃんって呼ばれるようになってからは、もっと優しくなった。天音の言うことはなんでも聞いてくれる。おいしいおやつはもちろん、すごく値の張る着物や櫛《くし》でも、頼んだら買ってくれそうな勢いだ。

ほんとうに買ってくれるのか試してみようか……。ちらりと浮かんだ考えを、天音はあわてて打ち消した。

だめ。そんなことしたらあんちゃんが傷ものになっちゃう。

『おもちゃにされ』たら『傷ものになる』んだってお美和《みわ》ちゃん言ってたもの。従姉《いとこ》のお姉ちゃんがそれで寝込んじゃったって。

同じ手習い所に通っているお美和は呉服屋の娘だ。夜、手水《ちょうず》に起きたときに、両親がこそこそ話をしていたのだという。

全部は聞き取れなかったけれど、器量良しの従姉が、大店のどら息子におもちゃにされて傷ものになったというのだけはわかった。次の日お美和が従姉を見舞うと、青い顔をして寝ていたらしい。

「でも、どこも痛くないんだってさ」とお美和ちゃんが言ったので、天音たちが「えっ！　それどういうこと？」とたずねたら、「だ、か、ら、傷がついたのは身体じゃないってこと」って教えてくれた。

それ以来、『おもちゃにされる』と『傷ものになる』という言葉が、天音たち女の子の間でひそかにはやっている。

今日もお糸《いと》ちゃんが「ねえ、安吉って天音ちゃんのこと好きなんじゃない？」と言うので理由《わけ》を聞いたら、「だって、いつも陰から天音ちゃんのことじっと見てるもん」だって。

安吉なんて全然好きでもなんでもないから困ってしまって黙ってたら、「あ、天音ちゃん赤くなった。わあ、天音ちゃんも安吉のこと好きなんだ」って、お糸ちゃんがはやしたてるので、もうびっくりしちゃった。

お清ちゃんが「天音ちゃんをおもちゃにしないで。傷ものになっちゃう」って言い返してくれて、皆が「そうだよ。傷ものになったら大変」って騒ぎ出した。そしたらお糸ちゃんもあやまったので許してあげた。

そもそも安吉が、こそこそあたしのことを見てるからいけないんだよ。ほんとに変なやつ……。天音は焼き芋をほおばった。

焼き芋を食べ終えた天音は二階へ上がり、自分の行李《こうり》を開けて文箱《ふばこ》を取り出した。

文箱には赤と黒の市松《いちまつ》模様の千代紙が貼られている。

この文箱は、天音が巴屋へ引き取られて間もないころ、おとっつぁんが『本店』の質屋で買ってきてくれたものだった。

この箱に天音は大切な物をしまうことにしている。天音は箱のふたを開けて中から簪を取り出した。

この間お粂おばさんから取り返した和音姉ちゃんの簪。銀の平打ち簪で、南天が透かし彫りになっている。

赤い南天の実は、小さな珊瑚玉でできていた。とてもきれいな簪だ。

天音は簪を胸に抱き、そっと目を閉じた。

「しんさん、ありがとう。うれしい。夢みたい」

和音姉ちゃんの声だった……。

そう。この銀の簪からは和音姉ちゃんの声がする。

だからこそ、お粂おばさんから取り返すことができたのだ。和音姉ちゃんがこんな簪を持っていたなんて、天音は全然知らなかった。

あのとき、お粂おばさんが髪に挿している簪から和音姉ちゃんの声がして、天音はすごくびっくりした。もう少しで叫んでしまうところだったけれど、なんとかがんばってこらえた。

和音姉ちゃんの簪を黙って自分の物にしているお粂おばさんは、なんてひどい人なんだろうと思ったら、驚いたのがどこかへ飛んで行ってしまった。そして考える間もなく口からするっと言葉が出てしまったのだ。

「簪も返してください」

「それ、和音姉ちゃんの簪です」

あのとき、なぜ和音姉ちゃんの簪だとわかったのかと誰も天音に聞かなかった。今になって思えば運がよかった。

和音姉ちゃんの声がしたからと答えたら、きっとなんと言っているのかとたずねられただろう。あのとき咄嗟《とっさ》にごまかす余裕が天音にはなかった。

簪から和音姉ちゃんの声がしていることを誰にも知られずにすんでほんとうによかった。

「しんさん、ありがとう。うれしい。夢みたい」

あの日からずっと、天音は簪から聞こえる和音姉ちゃんの言葉について考え続けている。

和音姉ちゃんは『しんさん』という人からこの簪をもらったのだ。もしかすると、

『しんさん』に夫婦になってくれと言われたのではないだろうか。

だって、この簪はとても上物だと、おとっつぁんもおっかさんもあんちゃんも言っていたから。特にあんちゃんは、きっと和音姉ちゃんの嫁入り道具にと、おとっつぁんとおっかさんが奮発したにきまってるって主張していた。

でも、それは違う。和音姉ちゃんに簪をあげたのは『しんさん』だ。そしてそんな上物を、なにかのお礼だとかお土産《みやげ》として和音姉ちゃんにひょいっとあげるはずがない。

もっと大切なことのために、しんさんって人はこのきれいな簪を和音姉ちゃんにわたしたんだ。

和音姉ちゃんの言葉の『夢みたい』っていうのは、こんなきれいな簪をもらって夢みたいって言ったとも考えられるけど、きっとそうじゃない。

しんさんがこの簪をあげるときに和音姉ちゃんに言ったことに、『夢みたい』って言ったんだと思う。

それはあたしたちは左官の娘だから。こんな簪もらったら、ものすごくびっくりして、もうそればっかりで、とても『夢みたい』なんて思えない。

だって、自分の手に入るだなんてちょっとだって考えたこともないもの。もし、大店のお嬢さんだったら、すごく上等の簪をもらったらって想像したことがあるだろうから『夢みたい』になるけど……。

だから和音姉ちゃんの『夢みたい』は、しんさんが言った夫婦になってくれっていうのが『夢みたい』なんじゃないだろうか。

そういうふうに考えると、和音姉ちゃんもしんさんのことが好きで、一緒になりたいと望んでたってことだよね。和音姉ちゃんにも好きな人がいたんだ……。

ここまで考えて天音ははっとした。和音姉ちゃんは、しんさんに返事をしたのだろうか。

もし返事をせずに死んでしまったのだとしたら、和音姉ちゃんはどうしてほしいだろう。

天音は簪を箱にしまい、箱を行李に入れた。ごろりと畳に寝転がる。

〈にゃーん〉

外から帰って来た小太郎が天音の腕に体をすりつける。天音は小太郎を抱き上げ、お腹の毛に顔を埋めた。

少し湿っぽい小太郎のお腹は水辺のにおいがする。おそらく川で遊んできたのだろう。

「和音姉ちゃんか……」

天音はつぶやいた。天音は四人姉妹の末っ子で、歳は皆ちょうどふたつずつ離れている。

一番上が和音姉ちゃんで十六、次が琴音《ことね》姉ちゃんで十四、そして天音のすぐ上は鈴《すず》音《ね》姉ちゃんで十二。

鈴音姉ちゃんは明るくてお転婆《てんば》。いつも騒がしくてしょっちゅうきょうだいの誰かにつっかかっていってはけんかをしていた。

琴音姉ちゃんは静かなのに言うことがきつくて――琴音姉ちゃんみたいな人を毒舌家というんだとおっかさんが教えてくれた――、けんかのときにたったひとことで相手を打ち負かすのが得意だった。

和音姉ちゃんは、おっとりしていて優しくて、ふんわりした人だった。頭はいいのにちょっと抜けているというか、世間慣れしていないというか、面白いことをよくしでかしていた。

中のふたり（琴音姉ちゃんと鈴音姉ちゃん）がよくくっついて遊んでいたので、天音は和音姉ちゃんと一緒に過ごすことが多かったのだけれど、ずいぶんかわいがってもらった。

なんだかんだいってきょうだい仲はよいほうだったと思うが、天音は和音姉ちゃんが一番好きだった。

そんな和音姉ちゃんだったら、どうしたいだろう。好きな人に夫婦になってくれって言われて、「ありがとう。うれしい。夢みたい」って思ってた和音姉ちゃん。しんさんって人にちゃんと自分の思いを伝えたいんじゃないかな。うん、きっとそうだ。

小太郎のあごの下をなでながら天音は考えた。和音姉ちゃんの代わりに、あたしがしんさんに伝えてあげよう。

でも、どうやってしんさんを探そうか。和音姉ちゃんが奉公していた日本橋の料理屋に行けばわかるかもしれない。

料理屋でなんて聞こう。簪から和音姉ちゃんの声がしますって言えばいいのかな。でも、気味悪がられないだろうか。

それよりなにより、子どもの自分が訪ねていって、会ってもらえるものなのか。忙しいのに邪魔するなって追い返されるかもしれない。

叱《しか》られるかな……。店の裏口で知らないおじさんやおばさんに怒鳴られている自分を想像して、天音は涙ぐみそうになった。

やっぱりひとりじゃ無理。誰かに相談しよう。

ってっいってもお清ちゃんとか友だちはだめ。おとなじゃないと……。

天音の頭に又十郎の顔が浮かんだ。あわてて天音はかぶりをふる。

あんちゃんはだめ。だって女の子の気持ちが全然わかってないもの。あたしだって
あんちゃんに文句を言いたいくらいなんだから。

それにあの年で好きな人もいないみたいだし。もっとも、あんちゃんに面と向かって聞いたことはないけれど。

でも、好きな人がいるんだったら、あたしや小太郎をかまって暇つぶしをしたりしないと思う。

そんなあんちゃんに、和音姉ちゃんの恋などという――そう、これはお美和ちゃんが手習いのときに言っていた『恋』というものだ――繊細なことを相談してもよいものだろうか。

じゃあおとっつぁんはどうだろう？　おっかさんと夫婦になっているんだから、あんちゃんよりはましな気がするけど。

でも最近はあんちゃんだけじゃなく、おとっつぁんも鬱陶しいときがある。やっぱり女ごころがあんまりわかってないみたいだ。

佐吉さんは？　あの人はもてる。すごくもてるけれども。うーん、むしろ女の敵？

伝兵衛様は？　意外と伝兵衛様は今まで考えた人たちの中では一番ましな気がするけれど。でも、年寄過ぎる。

手習いのお師匠様は……なんだか色恋は苦手そう。きっとあたしたち筆子よりだめ。

ってことはおっかさんしかいない。うん、おっかさんならきっと大丈夫。

おっかさんのすごいところは、優しくてあったかいだけじゃなくて、悪いことは悪いってぴしっと言えるところだ。千太郎おじさん家《ち》で、おじさんとお粂おばさんを相手に、一歩も引かないで渡り合って最後は見事に勝った。

かっこよかったし、すっとした。あんちゃんもがんばったけど、途中から旗色が悪くなってしおしおになっちゃった。

やっぱりあんちゃんはまだまだだ。おっかさんにはとてもかなわない。

あたしのために一生懸命やってくれたのはうれしかったけど……。

天音はお勝に相談をすることにした。又十郎と平助は、お客さんの家に火鉢を届けるためそれぞれ出かけている。

天音は帳場にいるお勝の側に座り、和音の簪を差し出した。

「和音姉ちゃんの声がする。『しんさん、ありがとう。うれしい。夢みたい』って」

「えっ！」と言ったきり、お勝が絶句した。目を大きく見開いている。

やがてお勝の目から涙があふれた。ぎゅっと天音を抱きしめる。

「そうかい。そうだったのかい。だからお粂さんから簪を取り返したんだね」

「うん」

手ぬぐいで涙をふき、お勝は優しい笑みを浮かべた。

「ちょっと引っかかってたんだよ。どうして天音に和音ちゃんのものだってわかったのかって。おとっつぁんも又十郎も、お時ちゃん夫婦が嫁入り道具にあつらえたんだって思ってるみたいだけど、この簪、お時ちゃんの好みとは違うんだよ。あたしゃ長い付き合いだからね。わかるのさ」

天音は驚いた。おっかさんがそんなことを考えていただなんて、ちっとも知らなかった……。

「しんさんって人が和音姉ちゃんに簪をわたして、夫婦になってくれって言ったんじゃないかと思って……」

「そうだね、あたしも天音と同じ考えだよ。こんな上物なんだもの。一世一代の簪に決まってる」

「それでおっかさん……あの……」

言葉がのどのところでつっかえたようになってうまく言い出せない。いつもながらのことだがもどかしい。

和音姉ちゃんのためにがんばらなくちゃ。天音は大きく息をついた。

「あたしと一緒にしんさんって人を探してほしいんだけど」

お勝がにっこり笑う。

「もちろんいいよ。ふたりで一緒に探そう。あたしに相談してくれてありがとう」

天音は安堵した。ちゃんと話せてよかったとしみじみ思う。

「……ありがとう、おっかさん。最初はあんちゃんに頼もうかと思ったんだけど、あんちゃんは女ごころがよくわかってないみたいだから……」

お勝がぷっと吹き出し、大口を開けて笑った。

「天音は賢いねえ。又十郎はだめ。あの子に頼むんだったら、小太郎に頼むほうがよっぽどましだよ。ねえ、小太郎」

お勝は毛づくろいをしていた小太郎を抱き上げ、ほおずりをした。小太郎がごろごろとのどを鳴らす。

「うちの人だって、ちょっとはましかもしれないけど、まあ、又十郎と似たようなもんだね。とにかくあのふたりにはないしょにしておこう。自分たちも一緒に行くって言いだしたら鬱陶しいから」

おっかさんも、おとっつぁんやあんちゃんのことが鬱陶しいときがあるんだ。天音はなんだかうれしくなって、大きくうなずいた。

「ああ、そうだ。ひとつ大事なことを聞いておかなきゃね。しんさんって人を探し当てることができたら、天音はどうしたいんだい？」

間髪《かんはつ》を入れず天音は答えた。

「和音姉ちゃんはきっと、しんさんって人と所帯を持ちたいと思ってたんだと思う。もし姉ちゃんがしんさんに返事をしないまま死んじゃったんだとしたら、姉ちゃんの代わりに思いを伝えたい……かなって」

「そうなんだね。天音の気持ちはよくわかったよ。ちょうど明日は手習いが休みの日だろ。善は急げでさっそく出かけるかい？」

「はい。よろしくお願いします」

「こちらこそ。あたしゃうれしいんだよ。天音と一緒に出かけられて。帰りになにかおいしいものでも食べようね」

2

次の日、天音とお勝は、和音が奉公していた日本橋の料理屋『福富《ふくとみ》』を訪ねることにした。又十郎と平助には、掘り出し物がないか古着屋へ見に行くと言って出てきた。

案の定、又十郎が一緒に行くと言ってさんざっぱら大騒ぎをした。天音が「たまにはおっかさんと女どうしで出かけてみたい」と言うと半泣きになった。

さすがにかわいそうだったので、「あんちゃんの好物の豆大福を買って帰ってあげる」と約束したらやっと機嫌が直った。

あんちゃんのことをおもちゃにして悪いなと思ったが、和音姉ちゃんのためだからしかたがない。

長月も終わりに近づいてずいぶん寒くなってきた。鼻の頭とほっぺたがちょっと冷たい。

でも、和音姉ちゃんの好いた人を探すんだと思うと、どきどきして、寒いのもあまり気にならない。いったいどんな人なんだろう？

和音姉ちゃんが奉公していた福富という料理屋は、構えの立派な料理屋だった。大《おお》店《だな》の主やお武家様が食べにくる高級なところらしい。

五年前姉ちゃんが奉公に上がったとき、あいさつに行ったおとっつぁんがお土産に料理を詰めた折をもらってきたのだが、それがとてもきれいな上においしくて、天音はたいそうびっくりしたのだ。

藪入りで戻った和音姉ちゃんに、あんなおいしいものを毎日食べているのかたずねたら、「まさか。奉公人は普通のご飯だよ」と言って笑っていたのを天音はなつかしく思い出した。

天音とお勝は板場の勝手口へまわった。書き入れ時にかち合わないように早く家を出たので、まだそんなにばたばたしていない感じだ。

お勝は井戸端で大根を洗っている追い回しらしき男の子に声をかけた。

「お忙しいところすみません。両国橋町の損料屋巴屋の女将お勝と申します。こちらで奉公していた和音ちゃんのことでおうかがいしたいことがあるのですが」

天音より少し年上らしい追い回しの男の子は、急いで立ち上がると、丁寧に頭を下げた。

「今、女中頭を呼んでまいりますので、少々お待ちくださ い」

男の子が駆けていくのを見ながら、お勝がつぶやいた。

「さすがは福富だねえ。躾《しつけ》が行き届いてる」

天音はこくりとうなずいた。あたしの行儀は完全にあの子に負けている。もっときちんとしなくては。

ほどなくお勝と同じ歳くらいで背が高くてやせぎすの女が現れた。女は女中頭のお節《せつ》と名乗った。

互いにあいさつを交わしたあと、お勝は天音を前へちょっと押し出すようにして言った。

「この子は和音ちゃんの妹で天音と申します。和音ちゃんのおっかさんのお時さんと私は幼馴染でして。その縁で天音をうちの子として引き取ったんです」

天音は丁寧に礼をした。

「天音と申します。生前は姉の和音がたいそうお世話になり、まことにありがとうございました」

お節ははらはらと涙をこぼした。

「こちらこそ。和音さんはよく働いてくれて、うちは大助かりでした。天音ちゃんのことは、少し引っ込み思案なところがあるから心配だって言ってましたよ」

和音姉ちゃんは、あたしのことを案じてくれていたんだ……。天音の目から涙があふれ出る。

お勝も手ぬぐいで目もとをぬぐった。しばらくして、お勝が懐から袱紗《ふくさ》に包んだ簪を取り出した。

お節が、はっと息をのむ。

「まあ、きれいだこと……」

「実は、天音は物に宿った人の思いを聞くことができるんです」

「もしかして、損料屋のごきょうだい。見えるお兄さんと聞こえる妹さんでしょうか。読売に書いてあったとお客様からうかがったことがあります」

「はい。そのとおりです。そして天音がこの簪から和音ちゃんの声がすると申しまして。『しんさん、ありがとう。うれしい。夢みたい』と言ってるそうです」

「ええっ！」と叫んで棒立ちになる。驚くのは当たり前だよね。でも、読売のおかげで信じてはもらえてるようだからよかった。

「この簪を、和音さんが挿しているのを見たことはないんです。ただ、亡くなったあと、福富へ持ってきていた和音さんの持ち物が入った小さな行李を、伯父さんにあたる左官の千太郎さんという方の家へ届けました。ですから、その中に入っていたのかもしれません」

ああ、だからお粂おばさんが和音姉ちゃんの簪を挿していたのかと、天音は合点がいった。

「そうでしたか。どうもお世話をおかけいたしました。その、簪から聞こえる『しんさん』という人を私どもは探しているんです。こちらへ奉公されている方や、関わりのある方で『しんさん』という名に心当たりはおありではないでしょうか」

額に手を当て、お節はしばし考え込んでいたが、かぶりをふった。

「あいにく『しん』がつく者は誰もおりません。わざわざおいでいただきましたのに申し訳ございません」

「いいえ、こちらこそお忙しいところお手間をとらせてしまいすみませんでした。ありがとうございます」

お勝が深々と頭を下げる。あわてて天音もそれにならった。

「あ、でも。言われてみれば和音さん、心が弾んでいるというか、なんだかうれしそうだなと思った覚えがあります。そう、あれは年の瀬が近いころだったでしょうか。そのころ『しんさん』に簪をもらったのかもしれませんね。『ありがとう。うれしい。夢みたい』……所帯を持とうって言われたのかしら。かわいそうに……」

お節は再び涙をこぼした。

福富を辞した天音とお勝は、その足で両国の呉服屋の奥向きに奉公している和音の幼馴染を訪ねた。道すがらせっせと足を運びながら、天音は考えをめぐらせる。

和音姉ちゃんがうれしそうだったって、お節さんが言ってたから、やっぱり和音姉ちゃんは、しんさんに夫婦になってくれって言われたんだ。

落雷で皆が死んじゃったあの日は藪入りだった。福富から戻って来てた和音姉ちゃんは、おとっつぁんやおっかさんにしんさんのことを話すつもりだったんじゃないだろうか。

和音姉ちゃんが年の瀬に簪をもらったんだとすると辻褄《つじつま》が合う。落雷の前後一刻（二時間）ほどの記憶を天音はなくしているので覚えていないけれど、もしかしたらあの日、和音姉ちゃんはずいぶんうれしそうだなあって感じていたかもしれない。

でも、和音姉ちゃんは死んでしまった。和音姉ちゃんだけじゃない。親きょうだい五人全部だ。

ついこの間までは、皆が上方へでも旅に出かけていて、ひょっこり帰ってくるんじゃないかっていう気がずっとしていた。でも、千太郎おじさんの家でいろいろあって、鏡台の引き出しや床下にあったお金から、『幸せになるんだよ』っていうおっかさんの声が聞こえたら、ああ、ほんとにおっかさんも、皆も死んでしまったんだなって納得できた。

悲しくなって泣いていたら、あんちゃんがおんぶしてくれた。あんちゃんの背中は大きくてあったかかった。

親きょうだいはいなくなってしまったけれど、あたしには巴屋の皆がいるんだって思った。『幸せになるんだよ』って、短い間だったけど精一杯かわいがってくれたおっかさん。

ううん、おっかさんだけじゃない。おとっつぁんも姉ちゃんたちも皆あたしのことをたくさんかわいがってくれた。

皆に大事に思われてたってことがわかって、体がしゃんとした感じだった。前を向いて歩いて行きなって背中を押された気もした。

あたしが死んだ皆の分もちゃんと生きていくことが、きっと供養になるんだと思う。巴屋のおとっつぁんやおっかさんに孝行して、あんちゃんとも仲良く暮らそう。

親孝行も恩返しもなんにもできてない。ごめんね。でも、おとっつぁんやおっかさんの子に生まれて、姉ちゃんたちの妹に生まれてほんとうによかった。ありがとう。

あたしがんばるね。

天音はすっと背筋を伸ばし、前を見つめた。だから、和音姉ちゃんの思いはちゃんとしんさんに伝えたい……。


和音の幼馴染はお初《はつ》といった。呼び出されたお初は、天音を見るなり駆け寄って抱きしめた。

「天音！　大きくなって！　元気にしてた？」

天音が「うん」と言いながらうなずくと、泣き笑いの顔になった。そしてお初はお勝に気づくとあわてて頭を下げた。

お勝は自ら名乗ったあと、お初に簪を見せた。

「和音ちゃんは、この簪を、しんさんって人から夫婦になってくれとわたされたみたいなんだけど、お初さんには心当たりがあるかい？」

「……しんさん……しんさん……あっ！　新太郎《しんたろう》さんかもしれない」

天音にはなじみのない名だった。もっとも和音とは六つも年が違うので、お初以外の和音の友だちとはほとんど面識がない。

「新さんは同じ手習い所に通っていて、あたしたちよりふたつ上だったんですけど、優しい人で。和音ちゃんとは気が合ったみたいで仲良しだったんですよ」

「新太郎さんは、今どこにいるんだろう」

「新さんのおとっつぁんは大工の棟梁《とうりょう》で、新さんが跡を継ぐことになっているので、家で修業してます」

「そうなんだね。ありがとう」

一休みしようと入った茶店で甘酒を飲みながらお勝が言った。

「棟梁の跡継ぎなら、あの簪を買えるだろうから、和音ちゃんの相手のしんさんは、新太郎って人かもしれないね」

天音がきょとんとしていたからだろう。お勝がいたずらっぽく笑った。

「この簪は上物だってのは天音も知ってるよね」

天音はこくりとうなずいた。

「そんな値の張る簪を好いた女子にあげるには、金をもってなくちゃならない。でも、和音ちゃんに釣り合うような歳の男だと、お店者は手代《てだい》がいいところ。職人だって修業中の身だ。金なんてほとんど持っちゃいない。持っているとしたら、それは親の金だ。和音ちゃんが働いていた福富は、大店の若旦那連中が料理を食べにやって来る。和音ちゃんは器量良しだから見染められたってことも考えられる。あとね、奉公人だって、料理屋の跡取りが修業してることもあるからね」

天音は大根を洗っていた男の子を思い出した。あの子もどこかの料理屋の息子なのかもしれない。

「でも、福富にはそういう人はいなかった。今から会いに行く新太郎さんは大工の棟梁の跡取りだ。親に金を出してもらってあの簪を買ったんだろうね」

「あんちゃんは？　あんちゃんはあの簪を買える？」

天音の質問に、お勝は甘酒をふき出しそうになった。

「あたしもうちの人もそんなお金出してやらないよ。買いたきゃ自分の金で買いなって言う」

「あんちゃん、お金持ってるの？」

お勝は顔の前で手を振った。

「あの子が持ってるわけないだろ」

「じゃあ、あたしのお金を貸してあげる」

ふた親が貯めていたお金を千太郎おじさんから取り返したので、天音はお金持ちだった。

「そんな馬鹿らしいことに使っちゃいけないよ。一周忌の法要をしてお寺に寄付をして、あとは大切にしまっておかなくちゃ」

ふとお勝が真顔になる。

「あのね、天音。人には分《ぶん》ってものがある。又十郎にとってこの簪は分不相応なんだよ。好いた人になにかあげたいんなら、自分が稼いだ金で買うことができる品で十分だし、高価な物を欲しがる相手では、一緒には暮らしていけないとあたしは思う。ま、要は物より心ってこったね」

「和音姉ちゃんは？」

和音がそんな高価な簪を欲しがったのだろうかと、天音は少し心配になった。

「和音ちゃんは、お時ちゃんがきちんと言い聞かせて育てたから、簪をねだったりはしていないよ。ただ、相手の男があげたくてあげたんだ。そしてその男はそれだけの金を持っていた。大工の棟梁っていうのは、何人もの大工を使って大きな仕事をするから実入りがいいんだよ。うちみたいな小さな店とは違うからね。まあ、和音ちゃんは玉の輿に乗ったってことだ。あんなことがなけりゃ幸せになれただろうに……」

お初に教えられた家に行くと、新太郎はちょうど仕事から戻ったところだった。よく日に焼けた大柄な男である。そしてとても男前だった。

和音姉ちゃんとこの人ならお似合いだと天音は思った。だから死んでしまって姉ちゃんはさぞ無念だったろうと胸が痛む。

新太郎は天音を見て、口をあんぐりと開けた。

「ひょっとして、天音か？」

天音がうなずくと、新太郎は「ひえっ！」と声をあげた。

「おっきくなったなあ！　七年ぐれえ前に会ったきりだもの。あのころお前、まだおむつしてたっけ」

七年前ならあたしは三つだ。そりゃあおむつくらいつけてるでしょうよ。少しだけ天音はむっとした。

にこにこしていた新太郎の表情が急に暗くなる。

「あんまり久しぶりだったから、つい、はしゃいじまってごめん。あんな酷《むご》いことがあってたったひとり生き残ったってえのに」

「和音は日本橋の料理屋で奉公してたんだってな。一昨年《おととし》だったかな、藪入りで和音が帰って来たときに道で出くわしたんだ」

天音とお勝は顔を見合わせる。お勝が少し早口でたずねた。

「この簪を和音ちゃんにあげたのは、新太郎さんではないんでしょうか」

「えっ！　違います。こんな立派な簪、俺にはとても買えねえし。それにこれは嫁に来てくれってわたすようなやつだと思うし。俺、和音とは仲良かったけど、あいつは俺にとって妹みたいなもんだから。和音も俺のこと好きだなんて、かけらだって思ったことなかったんじゃねえかな」

「そうなんですね、失礼いたしました」

「いいえ。お役に立てずすみません」

新太郎がしゃがみ込んで天音の頭をなでた。

「姉ちゃんの分もがんばって生きろよ」


「なんだかあてがはずれちまったねえ……」

お勝がつぶやく。天音とお勝は、巴屋への道をとぼとぼと歩いた。

天音は絶対和音姉ちゃんの相手は新太郎だと思っていたので、ずいぶんがっかりしてしまった。これからどうやって『しんさん』を探せばいいんだろう。

お勝が優しく天音の肩を抱く。

「心配しなくてもいいよ。あたしに考えがある。今日は『人』をたどっていったけど、今度は『物』から探ってみようよ」

「それってどうやるの？」

「佐吉さんが小間物を仕入れてる日本橋の小間物問屋唐木屋《からきや》で簪を見せてたずねてみるんだよ。これだけ上物だからね。そんなに数は出回っていないはず。唐木屋が卸した店がわかったらそこを訪ねて買った客を調べるのさ」

「おっかさん、すごい……」

天音はつくづく感心した。やっぱりおっかさんに相談してよかった。

「おだててもなにも出ないよ……あっ！　天音！　豆大福！」

「ほんとだ！　忘れちゃった！」

又十郎に買って帰ると約束をしていたのに、天音もお勝もすっかり忘れてしまっていたのである。

「このあたりに豆大福売ってたかねえ。まあ、いいよ。売り切れてたってってごまかしゃあいいんだから。それでも又十郎がぐずぐず言ったら、ひとつうそ泣きでもしておやり、天音」

「うん」

天音とお勝は顔を見合わせて笑った。

3

次の日、天音とお勝は日本橋の唐木屋へと出かけた。

お勝は名を名乗って手代に和音の簪を見せ、これを和音にあげた人を知りたいので、もし唐木屋が卸した品であるならば、どこの店へ卸したか教えてもらえないだろうかと頼んだ。手代は奥へ引っ込み、しばらくして戻って来た。

主の藤兵衛《とうべえ》が会って話をするので庭へまわってくれと言われた。天音とお勝は庭に面した部屋に上がり、やがて藤兵衛がやって来た。

「本日は突然お邪魔いたし申し訳ございません。また夏には倅《せがれ》の又十郎がお世話になりありがとうございました」

「いいえ、あれくらいのこと礼にはおよびません。こちらのお嬢ちゃんは声が聞こえる妹さんとお見受けいたしますが」

藤兵衛にずばりと言われて、天音は少し怖くなってしまった。そっとお勝に身を寄せる。

「はい、そのとおりにございます。この天音は物に宿った人の思いを聞くことができるのです」

藤兵衛がほほえむ。精悍《せいかん》な顔つきがやわらいで見えた。

「天音ちゃん、怖がらなくてもいいんだよ。この簪から、亡くなったお姉さんの声が聞こえたんだね」

「はい。『しんさん、ありがとう。うれしい。夢みたい』って言ってます」

「ほう……。それで『しんさん』を探しているというわけですな」

「ええ。天音が姉の和音ちゃんの気持ちをその人に伝えたいと言うものですから。和音ちゃんの心残りを晴らしてあげたいのだそうです。和音ちゃんの奉公先にも、『しんさん』にあたる人はおりませんでした。それならば簪から手がかりをたぐってみようと、こちらにおうかがいした次第でございます」

お勝の言葉を聞いた藤兵衛は腕組みをした。

「この簪はうちでは扱っておりません。というか、どこの店も扱っていないはずです。これほどの簪です。瞬《また》く間にその存在が広まるのが普通ですがうわさすら聞いたことがない。江戸市中には出回っていない品です。同じ物はもちろん、似た物も見たことがない。つまり、おそらくこの世にただひとつしかない簪だと私は思います」

「ということは、売っていないのでしたら、買った者もいないと」

「ええ、そうです」

「では、どうして和音ちゃんの手元に」

「その男は、自分で簪を作って和音さんにあげたのですよ」

天音とお勝は同時に「あっ」と声をあげた。

「和音ちゃんの相手は簪職人ということでしょうか」

「はい。この透かし彫りの見事さと、珊瑚玉でできた南天の実の繊細さは、おそらく神田新銀町《しんしろがねちょう》に住む信吉《しんきち》という簪職人の手によるものだと思います」

「ありがとうございます！　よかったね、天音」

うなずいた天音は、「ありがとうございます」と藤兵衛に頭を下げた。

「どういたしまして。……ああ、そういうことか」

藤兵衛はふむふむとうなずいた。

「いや、信吉は非常に腕のいい真面目な簪職人なんだが、今年になってから身を持ちくずしていると評判でね。仕事もせずに朝から酒を飲んでいるらしいんだ。どうしたことかと思っていたんだが、和音さんが亡くなってしまったからだったのか……」

そうだった。信吉さんは許嫁《いいなずけ》が死んじゃったんだもの。どんなにつらくて悲しいだろう……。

相手の男の人だって大変な思いをしてるだろうに、あたしは和音姉ちゃんのことばっかり考えてた。恥ずかしい。

「和音さんはいくつだったんだろう」

藤兵衛に聞かれて、天音は「十六です」と答えた。

「信吉は三十を過ぎてるから、親子ほど年が違う。信吉も思い切ったことをしたもんだが、和音さんもよく夫婦になる決心をしたね」

藤兵衛が深いため息をつく。

「信吉もかわいそうな男だ……」

飯屋で菜飯《なめし》と豆腐の田楽《でんがく》の昼餉《ひるげ》を食べた天音とお勝は、信吉の住む神田新銀町へと向かった。

いよいよ和音姉ちゃんの好いた人に会うのだと思うと、どきどきする。信吉さんはどんな人だろう。

「天音に言っておかなくちゃならないことがあるんだよ」

お勝がとても真剣な顔をしていたので、天音は驚いた。

「信吉さんには、和音ちゃんのほんとうの気持ちを言わないほうがいいと思う」

「それどういう意味？」

「簪から聞こえてくる和音ちゃんの声を、『しんさん、ありがとう。でも、ごめんね』に変えるんだよ」

「ええっ！　どうして？」

天音は心底驚いたので、声が裏返ってしまった。

「和音ちゃんは死んでしまったけど、信吉さんは前を向いて生きていかなきゃならない。酷いことを言うけれど、生きている信吉さんの気持ちのほうを大切にしてあげないとね。和音ちゃんが亡くなったことで打ちのめされて酒浸りになってる信吉さんをこれ以上苦しめちゃいけないんだ」

天音はお勝の言い分にとても納得できなかったので、黙ってうつむいた。

「いいかい、よくお聞き。相思相愛の許嫁に死なれるのと、親子ほど年の離れた小娘にふられるのとどっちが悲しいのがましか。考えなくてもわかるだろ。信吉さんはこれからずっと悲しみを抱えて生きていくんだ。少しでも荷を軽くしてあげなきゃ」

天音ははっとした。ついさっき和音姉ちゃんのことばっかり考えてて恥ずかしいって思ったところだったのに……。

和音姉ちゃんは死んじゃってもうこの世にいないけど、信吉さんはまだずっと生きていかなきゃいけない。　和音姉ちゃんのことは早く忘れて、他の人と夫婦になったほうがいいんだ。

「うん、わかった。そうする」

「ごめんね。つらいことさせちまって」

「ううん、いいの。生きてる人の気持ちのほうが大事だから」

訪ねあてた信吉の家は長屋だった。

「ごめんください」

お勝が声をかけたが誰も出てこない。半分開いている入口の戸からそっとのぞいてみると、中は普通の長屋の倍の広さがあった。

奥と手前とふたつ部屋がある。上がってすぐの部屋が仕事場のようだった。

和音姉ちゃんのあのきれいな簪も、信吉さんが自分の手でここで作ったんだ。すごいなあと天音は思った。

「ちょっと失礼しますよ」と言って、お勝は家の中へと入って行った。天音もあとに続く。

わあ、お酒臭い。思わず天音は顔をしかめる。仕事部屋はきちんと片づいていたけれど、奥の部屋はすごくちらかっていた。

汚い部屋の中で信吉が寝ている。お勝が遠慮なく夜具を引きはがした。

「なにしやがるんでえ！」

信吉が飛び起きる。三十を過ぎていると藤兵衛さんは言っていたが、年の割に若く見えた。

色が白いのはきっと家の中で仕事をしていて、お天道様《てんとさま》にあたらないせいだろう。

そして手が大きくて指が長かった。

美男というのではないけれど、優しそうな感じの人だ。でも、それが今は無精ひげでおおわれているし、おまけに月代《さかやき》も剃《そ》っていなかった。

「あんたはだれだい？」

信吉が首筋をぽりぽりかきながらたずねる。

「両国の損料屋巴屋の女将のお勝です。こちらは和音ちゃんの妹の天音。うちの娘として引き取りました」

天音は「こんにちは」と言いながら、ぺこりと頭を下げた。

「か、和音ちゃんだって？」

信吉があわてて正座をし、はだけていた着物の襟を直した。

「そういえば、ひとり生き残った一番下の妹が、損料屋へ引き取られたって聞いたっけ」

「今日はこれを返しに来たんですよ」

お勝が懐から取り出した簪を見て、信吉が叫ぶ。

「お、俺が和音ちゃんにわたした簪！　どうしてこれを？」

「おばさんがねこばばしていたのを取り返したんです。この簪から和音姉ちゃんの声が聞こえます」

天音の言葉に信吉が絶句する。

「天音は物に宿っている人の思いが聞こえるんです」

「……ああ、いつだったか飯を食いに行ったとき誰かが言ってたっけ。読売にのってたって。損料屋の幽霊が見える兄貴と声が聞こえる妹って。それが和音ちゃんの妹のことだったとはな」

そわそわと落ち着かない様子で信吉がたずねた。

「それで、和音ちゃんはなんて言ってるんだい？」

「しんさん、ありがとう。でも、ごめんね」

信吉の目からぽろぽろと涙がこぼれ落ちる。天音は気の毒で目をそむけたくなったがなんとかこらえた。

「そうかい……そうだよな。俺みたいな年の離れた風采の上がらない男と、和音ちゃんみたいに若くてかわいい娘《こ》が夫婦になるはずなんてない」

自分の言葉に信吉がすっかり打ちのめされてしまったので、天音はとても胸が痛んだ。

ほんとうは違うんですと言いたかったけれどがまんした。だってうそをついたほうが信吉さんのためになるんだもの。

「和音ちゃんと知り合ったのは、一昨年の隅田川《すみだ》の花火のときでさ。俺、親方の知り合いに呼ばれて舟に乗ってたんだけど、気分が悪くなっちまって。福富の料理を仕出しにとってたもんだから和音ちゃんがいて、介抱してくれたんだ。優しくてかわいくて。ひと目ぼれだった。それからときどき会うようになって。暮れに簪わたして嫁さんになってくれって頼んだんだ。返事に関係なく簪はあげるって言ってたから。持っててくれるだけで、俺、幸せだったし。でも、和音ちゃん、俺のことまんざらでもなさそうだったんだけど。俺の勘違いだったのか。とっくにふられてたのに、酒飲んで泣いて酔いつぶれて馬鹿だな、俺……」

「あの年ごろは、恋に恋しちまうところがあるから、ぽーっとのぼせてたのかもしれない。いざとなって目が覚めたんだろうね」

「だろうな……」

信吉が苦笑する。ごめんなさい。天音は心の中であやまった。

ほんとは全然違うのに……。ああ、信吉さん、それに和音姉ちゃん、ほんとにごめんなさい。

よく見ると、信吉はほおがこけているし、目の下にうっすら隈《くま》もできている。心労のあまり体をこわすことがあると、お師匠様が前に言っていた。

あっ！　そうだ！　人の心をおもちゃにしたら、傷ものになるんだった。

あたしうそをついて、信吉さんの心をおもちゃにしちゃったよね。信吉さんが傷ものになってしまうかもしれない。

どうしよう。困った。どうしよう、どうしよう……。

「ふははは」と信吉が笑った。

声と顔は笑っているけれど、目は悲しそうなままだ。

「ほんと笑っちゃうよな。情けなくて」

「ふふふ」「ははは」と信吉が笑い続ける。

しまった！　信吉さんが傷ものになっちゃった！　大変だ！

「信吉さん！　ごめんなさい！　あたし、うそついてました」

「天音っ！」

「おっかさんもごめんなさい。約束破って。でもあたし、ほんとのこと言います。和音姉ちゃ――」

「あっ！」と声をあげたお勝が天音の口を手でふさごうとしたので、天音は逃げながら叫んだ。

「和音姉ちゃんが『しんさん、ありがとう。うれしい。夢みたい』って言ってます！今もずっとこの簪から聞こえてるんです！」

だが信吉は、ゆるゆるとかぶりをふった。

「ごめんな、天音ちゃん。気を遣わせちまって。こんなちっちぇえ子に……。ほんに俺ってやつは」

「気を遣ってなんかいません！　ほんとうにほんとうのことです！」

必死になって叫んでいる天音を見て、お勝がほほえむ。

「もとはと言えば、あたしが天音にうそをつかせたんだよ。相思相愛の許嫁に死なれるより、親子ほど年の離れた小娘にふられるほうが悲しいのがましだからって説得して。ほんにすまなかったねえ、信吉さん」

お勝が深々と頭を下げた。

「ええっ！　それ、ほんとかよ！」

信吉の顔がぱっと輝く。

「ほんとです。ごめんなさい、傷ものにしちゃって」

「は？　いやいや。俺はそんなことしちゃいないぜ。まさかあんな年の離れた和音ちゃんと。夫婦約束もしてねえってのに」

「和音姉ちゃんじゃありません。あたしがおもちゃにしたから、信吉さんが傷ものになっちゃって。ごめんなさい」

お勝と信吉が顔を見合わせる。信吉がおずおずと言った。

「あのう、天音ちゃん。天音ちゃんはなにか大きな勘違いをしてるっていうか、言葉の使い方を間違えてると思うぜ」

「そう……なんですか？　どこがどういうふうに？」

「え、う、あ……。それはあとでおっかさんに聞きな。とにかくありがとう。そうか。和音ちゃん、夢みてえって喜んでくれてたのか」

「はい。たぶん藪入りで家に帰ったときにおとっつぁんやおっかさんに言うつもりだったんだと思います。でも、ちょうどその日に雷が落ちて死んじゃったから。あと、福富の女中頭の人が、和音姉ちゃんが、年の瀬からずっとうきうきしてうれしそうだったって言ってました」

「そうかい、そうだったのかい。ありがとう、天音ちゃん。知らせてくれて。和音ちゃん、俺の嫁さんになってくれるつもりだったんだな。ありがとう。ほんとにありがとう。俺、真面目に働く。またがんばって簪作るよ。和音ちゃんが好いてくれた簪職人の俺に戻る」

そして簪を胸に抱き、信吉が号泣した……。

家への帰り道、お勝がしみじみとした様子で言った。

「おっかさんが間違ってた。ごめんよ、天音」

天音はほほえみながらかぶりをふる。

「ううん、いいの。あたしこそ約束破ってごめんね。ねえ、おっかさん。あたしの言葉の使い方、どこが間違ってるの？」

「ふふふ」とお勝が笑った。

「もうちょっと大きくなったらちゃんと教えてあげる。だからそれまで『おもちゃにする』と『傷ものになる』は使っちゃいけないよ」

「うん」

今日は夕日がとてもきれいだ。焼き魚のにおい、味噌汁のにおい……。夕餉の支度をしているのだろう。家々からおいしそうなにおいがただよってくる。

天音はそっとお勝と手をつないだ。ふくふくとしたその手はお勝の心根と同じようにあたたかかった……。

○主な参考文献

『日本人なら知っておきたい　江戸の暮らしの春夏秋冬』歴史の謎を探る会編　河出書房新社
『江戸の教育力』高橋敏　ちくま新書
『絵でみる江戸の食ごよみ』永山久夫　廣済堂出版

本書は文庫書下ろし作品です。

|著者| 三國青葉　神戸市出身、お茶の水女子大学大学院理学研究科修士課程修了。2012年「朝の容花《かおばな》」で第24回日本ファンタジーノベル大賞優秀賞を受賞。『かおばな憑依帖』と改題しデビュー。著書に『かおばな剣士妖夏伝　人の恋路を邪魔する怨霊』『忍びのかすていら』『学園ゴーストバスターズ』『心花堂手習ごよみ』『学園ゴーストバスターズ　夏のおもいで』『黒猫の夜におやすみ　神戸元町レンタルキャット事件帖』など。

損料屋見鬼控《そんりょうやけんきひか》え 2

三國青葉《みくにあおば》

© Aoba Mikuni 2021

2021年6月15日第1刷発行

講談社文庫
定価はカバーに
表示してあります

発行者――鈴木章一
発行所――株式会社　講談社
東京都文京区音羽2-12-21　〒112-8001
電話 出版 (03) 5395-3510
販売 (03) 5395-5817
業務 (03) 5395-3615
Printed in Japan

KODANSHA

デザイン―菊地信義
本文データ制作―講談社デジタル製作
印刷―――豊国印刷株式会社
製本―――株式会社国宝社

落丁本・乱丁本は購入書店名を明記のうえ、小社業務あてにお送りください。送料は小社負担にてお取替えします。なお、この本の内容についてのお問い合わせは講談社文庫あてにお願いいたします。

ISBN978-4-06-523773-1

講談社文庫刊行の辞

二十一世紀の到来を目睫に望みながら、われわれはいま、人類史上かつて例を見ない巨大な転換期をむかえようとしている。

世界も、日本も、激動の予兆に対する期待とおののきを内に蔵して、未知の時代に歩み入ろうとしている。このときにあたり、創業の人野間清治の「ナショナル・エデュケイター」への志を現代に甦らせようと意図して、われわれはここに古今の文芸作品はいうまでもなく、ひろく人文・社会・自然の諸科学から東西の名著を網羅する、新しい綜合文庫の発刊を決意した。

激動の転換期はまた断絶の時代である。われわれは戦後二十五年間の出版文化のありかたへの深い反省をこめて、この断絶の時代にあえて人間的な持続を求めようとする。いたずらに浮薄な商業主義のあだ花を追い求めることなく、長期にわたって良書に生命をあたえようとつとめるところにしか、今後の出版文化の真の繁栄はあり得ないと信じるからである。

同時にわれわれはこの綜合文庫の刊行を通じて、人文・社会・自然の諸科学が、結局人間の学にほかならないことを立証しようと願っている。かつて知識とは、「汝自身を知る」ことにつきていた。現代社会の瑣末な情報の氾濫のなかから、力強い知識の源泉を掘り起し、技術文明のただなかに、生きた人間の姿を復活させること。それこそわれわれの切なる希求である。

われわれは権威に盲従せず、俗流に媚びることなく、渾然一体となって日本の「草の根」をかたちづくる若く新しい世代の人々に、心をこめてこの新しい綜合文庫をおくり届けたい。それは知識の泉であるとともに感受性のふるさとであり、もっとも有機的に組織され、社会に開かれた万人のための大学をめざしている。大方の支援と協力を衷心より切望してやまない。

一九七一年七月

野間省一

講談社文庫 最新刊

佐々木裕一
暴れ公卿
〈公家武者信平ことはじめ㈣〉
狩衣を着た凄腕の刺客が暗躍！ 元公家で剣豪でもある信平に疑惑の目が向けられるが……。

矢野 隆
〈戦百景〉長篠の戦い
多視点かつリアルな時間の流れで有名な合戦を描く、書下ろし歴史小説シリーズ第1弾！

北森 鴻
香菜里屋を知っていますか
〈香菜里屋シリーズ4〈新装版〉〉
ついに明かされる、マスター工藤の過去と店の秘密——。傑作ミステリー、感動の最終巻！

中村ふみ
大地の宝玉 黒翼《こくよく》の夢
復讐に燃える黒翼仙はひとの心を取り戻せるのか？ 『天空の翼 地上の星』前夜の物語。

三國青葉
損料屋見鬼控え 2
霊が見える兄と声が聞こえる妹が事故物件を解決。霊感なのに温かい書下ろし時代小説！

作画：蔡 志忠
訳：和田武司
監修：野末陳平
マンガ 老荘の思想
超然と自由に生きる老子、荘子の思想をマンガ化。世界各国で翻訳されたベストセラー。

宮西真冬
首の鎖
介護に疲れた瞳子と妻のDVに苦しむ顕。二人の運命は、ある殺人事件を機に回り出す。

本格ミステリ作家クラブ選・編
本格王2021
激動の二〇二〇年、選ばれた謎はこれだ！ 作家・評論家が厳選した年に一度の短編傑作選。

講談社タイガ

青崎有吾
松澤くれは
ネメシスⅥ
失踪したアンナの父の行方を探し求める探偵事務所ネメシスの前に、ついに手がかりが!?

内藤 了
蠱《や》峯《ね》神《がみ》
〈よろず建物因縁帳〉
かの富豪の邸宅に住まうは、人肉を喰い散らかす蟲《むし》……。因縁を祓《はら》うは曳家《ひきや》師・仙龍《せんりゅう》！

徳永 圭
帝都上野のトリックスタア
大正十年、東京暗部。姿を消した姉を捜す少年・勇は、謎めいた紳士・ウィルと出会う。

講談社文庫 最新刊

浅田次郎
天《てん》子《し》蒙《もう》塵《じん》(3)(4)
満洲の溥儀。欧州の張学良。日本軍の石原莞爾。龍玉を手に入れ、覇権を手にするのは!?

上田秀人
要《よう》訣《けつ》〈百万石の留守居役(十七)〉
数馬は妻の琴を狙う紀州藩にいかにして対抗するのか。シリーズ最終巻。〈文庫書下ろし〉

朱野帰子
対岸の家事
名も終わりもなき家事を担い直面する孤独。専業・兼業主婦と主夫たちに起きる奇跡!

神津凛子
スイート・マイホーム
選考委員が全員戦慄した、衝撃のホラーミステリー。第13回小説現代長編新人賞受賞作。

森博嗣
ψ《プサイ》の悲劇〈THE TRAGEDY OF ψ〉
失踪した博士の実験室には奇妙な小説と、ある名前。Gシリーズ後期三部作、戦慄の第2弾!

三津田信三
碆霊《はえだま》の如き祀るもの
海辺の村に伝わる怪談をなぞるように起こる連続殺人事件。刀城言耶《とうじょうげんや》の解釈と、真相は?

虫眼鏡
東海オンエアの動画が6.4倍楽しくなる本〈虫眼鏡の概要欄 クロニクル〉
大人気ＹｏｕＴｕｂｅクリエイター「東海オンエア」虫眼鏡の概要欄エッセイ傑作選!

創刊50周年新装版

西村京太郎
七人の証人〈新装版〉
ある事件の目撃者達が孤島に連れられた。十津川警部は真犯人を突き止められるのか?

北村薫
盤上の敵〈新装版〉
読まずに死ねない! 本格ミステリの粋を極めた大傑作。極上の北村マジックが炸裂する!

瀬戸内寂聴
ブルーダイヤモンド〈新装版〉
愛を知り、男は破滅した。男女の情念を書き切った、瀬戸内寂聴文学の、隠された名作。

三浦綾子
あのポプラの上が空〈新装版〉
一見裕福な病院長一家をひそかに蝕《むしば》む闇を描き、誰もが抱える弱さ、人を繋ぐ絆を問う。